LE TRIOMPHANT

DU MÊME AUTEUR

Planète vide, Gallimard, « Série Noire », 2016.

Les Arènes
17-19, rue Visconti, 75006 Paris
Tél. : 01 42 17 47 80
arenes@arenes.fr
www.arenes.fr

Clément Milian

LE TRIOMPHANT

EQUINOX
LES ARÈNES

« Nous avons dévasté et détruit
cette région, ce qui a causé une grande
satisfaction aux sujets de notre Seigneur le Roi. »
Édouard de Woodstock

Les chiens marchaient sur la France.

Enragés, ils détruisaient les hommes, et détruisaient les âmes.

Dans toutes les régions, les maisons brûlaient. Des corps traînaient dans la boue à l'entrée des villages. Les béliers heurtaient les portes des châteaux. Le bois lourd, épais, cédait à force de coups.

L'huile ébouillantait les malheureux sur les échelles. Ils tombaient, transpercés de flèches.

La vie ne comptait pas.

Dieu veillait au Paradis. Il accueillait les hommes à bras ouverts. La maladie, la détresse étaient transitoires.

Plus haut, plus loin, le Salut.

Les mois, les années se succédaient entre les batailles et les traités de paix. Les saisons passaient sur les ruines. La mousse et le lichen repoussaient sur la pierre et la nature se nourrissait du sang. Passé les guerres, l'herbe jouissait, verte à nouveau, les arbres plus forts, l'écorce raffermie. Avec la paix qui s'enlisait, et la nature guérie, les combats pouvaient reprendre.

Les territoires changeaient de chefs. Ils changeaient de lois. Certains enfants naissaient mort-nés, les survivants devenaient des soldats. Des maladies vidaient les villages, les pillages et la haine faisaient le reste.

Les lois nouvelles des nouveaux rois ne protégeaient personne. La mort allait et venait, la vie subsistait par miracle.

On criait des réformes.

Des frontières se trouvaient proclamées, défendues, aussitôt violées. Les innocents par milliers payaient le prix de cette guerre contre un ennemi venu de l'autre côté de la mer, et qui prenait le pays en tenailles.

Une guerre sans fin. D'aucuns cherchaient son origine : elle était née avec le monde et la vie même. Depuis qu'il y avait des hommes, d'un côté et de l'autre de la mer, ils s'entretuaient.

Des lettres de sang écrivaient l'histoire.

La guerre s'arrêtait parfois, reprenait plus loin vers le sud, se déplaçait toujours. La mort noire qui avait tué davantage l'avait ralentie deux années seulement, jonchant les villages de corps.

Les combats s'étaient tant répandus qu'il ne restait plus rien du royaume.

Trop rares, les villages qui n'avaient pas brûlé.

Les ennemis poussaient au sud et au nord, faisaient des pays voisins leurs alliés. La guerre civile et des divisions de langues sans fin ajoutaient au chaos.

L'unité rêvée du pays se fragmentait.

Pour aider, les citoyens des villes avaient sacrifié leurs biens, coffres, fourrures, enfants surtout. Les petits nobles se ruinaient, leurs dépenses étouffées par des équipements coûteux et des demandes continues de rançons.

Les prisonniers de beau sang valaient cher. Leurs familles devaient tout donner pour les ramener saufs.

On jetait l'or dans la rue, dans les rivières.

La guerre dépouillait tous les hommes.

Les rois eux-mêmes y perdaient leur pouvoir. On les jetait en prison. Des lignées de sang pur se trouvaient annulées, remplacées.

Ce siècle de guerre était le siècle des tueurs.

Cinq hommes.

Ils combattaient pour la France. Ils ne savaient plus s'ils luttaient pour la libérer, la protéger, ou pour en repousser les frontières, mais ils se battaient pour elle.

Ils avaient tué et tueraient encore. Ils avaient fait reculer les ennemis qui arrivaient en masse depuis terre et mer.

Désormais, ils avaient ce projet de meurtre, tuer un des leurs.

Le monde allait si mal que les hommes ne se suffisaient plus des Anglais. Ils se créaient des ennemis dans leur propre rang.

Certains disaient que ce siècle était le pire des siècles, où les frères devenaient des cibles.

Les cinq hommes, parés pour tuer, vivaient dans la guerre depuis leur naissance. Ils avaient passé cet accord, tuer un des leurs qui était pire qu'un ennemi, tuer un ami qui méritait d'être tué.

Cet ami condamné, ils l'appelaient la Bête.

Pour eux il n'y avait pas de scandale. La Bête n'avait d'alliée que les couleurs. Elle ne se battait pas pour la France, elle se battait pour tuer.

Dans le grand flou des batailles et la fatigue morale, la Bête devint la seule certitude. De leur camp, elle méritait tout autant sinon plus de mourir que les Anglais.

Sur Terre, il n'existait pas d'être vivant plus laid d'âme, plus cruel et plus sale.

La tuer revenait à une mission de charité pour tous.

Les deux armées allaient s'affronter.

Leurs rois, l'un d'Angleterre, l'autre de France, rêvaient de victoire.

Les cinq tueurs l'appelaient la fausse bataille. Fatigués des combats, la veille du grand affrontement, ils avaient conclu un pacte.

Cette mission était leur secret.

Cinq visages distincts parmi les milliers, les pieds dans la terre, les chaussures usées par la route, ils n'étaient pas frères. Ils se ressemblaient pourtant, la même crasse couvrait leurs traits, le même épuisement des campagnes.

Ils ne voulaient plus combattre les Anglais. Ils se moquaient de la guerre des seigneurs. Ils voulaient la tuer elle, seulement elle, ils voulaient la tuer pour faire cesser son avancée sanglante.

Aloys, le plus jeune d'entre eux, avait rencontré les autres à mesure des batailles : Bertrand désormais son ami, chrétien comme lui, Dos Noir au corps couvert de cicatrices, Engelier le taiseux gorgé de colère et Païen qui n'avait pas de nom et ne croyait pas au Dieu chrétien.

Dans la mêlée et le repos d'après ils avaient fait connaissance.

À eux cinq, ils avaient planifié la mort de leur cible. Les soldats tuaient, elle massacrait.

Cachée sous son heaume qu'elle ne retirait jamais, la Bête n'avait pas d'âge. Elle ne leur ressemblait pas.

Ils voulaient la détruire, elle qui s'était toujours battue à leurs côtés, leur fidèle compagnon de haine, la Bête, qui méritait de mourir.

Leur haine du monstre les réchauffait dans la nuit froide sous leurs couvertures trouées.

Elle méritait de mourir.

Elle méritait de mourir, encore plus qu'eux-mêmes.

« Demain. »

Dans la nuit le tissu des oriflammes claquait. Les soldats parlaient bas. Le lendemain, c'était la mort pour tous, trente mille hommes de chaque côté de la plaine.

Les chefs avaient voulu la guerre jusqu'au dernier.

Les cinq ne pensaient pas à la défaite. Ils se concentraient sur la mission.

« Demain, dans la mêlée. »

« Elle mourra de notre main. »

« Il faut dormir. »

« Dormir, pour mieux tuer. »

Dos Noir tremblait, il avait peur. Les autres voyaient son malaise.

Il avait rêvé sa propre mort.

« Demain, nous nous lèverons pour guérir

le monde. Si je dois mourir pour cela, c'est ainsi. Je me réjouis du sacrifice. »

Aloys ne détachait plus les yeux de Dos Noir. Le doute de son ami lui parlait. Aloys voulait lui aussi tuer la Bête, mais il avait peur de la mort.

Toute la nuit durant, Dos Noir pensa au combat du lendemain, avec le sentiment certain qu'il vivait sa dernière nuit.

Aloys allongé à ses côtés pensait au rêve de son ami.

Chrétien, il croyait à la vérité des présages.

Avec la pluie la terre devient boue.

Les Anglais protègent leurs arcs de leurs casques. Les Français, mal préparés, laissent mouiller leurs arbalètes.

Mille fantassins se cachent derrière un mur de pieux taillés en pointe, braqués vers l'avant. Sur les côtés, les archers se déploient, prêts à tirer. Ils vont cribler les corps ennemis au rythme de six flèches par minute. Derrière le mur de fantassins, les chevaliers attendent. Ils constituent l'élite.

Les arbalétriers français veulent riposter, mais leurs cordes sont mouillées. Ils luttent en vain pour les tendre. Des cris les réveillent qui leur font lever la tête. Le ciel bleu est recouvert d'un voile noir, marée de flèches meurtrières décochées depuis les rangs ennemis.

Les soldats français, d'oc, d'oïl, Bretons, Flamands, Gascons et Basques, se comprennent mal entre eux. Un seigneur les a rassemblés avec de l'argent. Le cuir de leurs habits est usé, leurs armes rouillées par endroits.

Ils tombent. Certains se relèvent, une partie reste au sol. Un soldat glisse sur la boue, un autre sur le sang. Ils s'emboutissent. Les lances déjà usées finissent de se casser, parfois à l'intérieur des corps où elles restent plantées. Elles s'enfoncent dans les yeux, rendent aveugle, tuent.

L'ost, armée du seigneur, un amalgame d'hommes.

Ce jour violent !

« À mort ! »

À peine hurlés les premiers cris de guerre, les corps vont se bousculant. C'est la grande furie, des soldats soulevés par la foule tombent au sol et se brisent les genoux.

Ceux-là ne marcheront plus.

Les autres passent en courant sur eux, ne les voient pas, écrasent leurs mains.

« Sus ! », puis d'autres cris.

« Tuez ! Tuez ! »

La mêlée se fait à coups de haches, de poings, les doigts cherchent les yeux pour les crever. Le combat sur la plaine dure longtemps.

Les soldats se mêlent aux soldats, d'un côté comme de l'autre, chair fouillée, vidée, le sang des deux partis ne fait plus qu'une rivière. Pleins de haine, ils s'enfoncent leurs armes dans la bouche, s'arrachent la langue, on ne sait plus, tout est carnage.

Les cinq dispersés dans la mêlée cherchent la Bête.

Leur mission les obsède. Ils voient les corps tomber mais ne les regardent pas.

Ils ne trouvent pas son cadavre.

Elle vit donc.

Cela les rassure car ils espèrent la tuer de leurs mains.

Cela les terrifie car ils ont peur d'elle et refusent de mourir.

La vie d'Aloys ne vaut rien.

Un homme dans le tourbillon des milliers.

Piéton, il n'avait pas droit aux épées. Né paysan, payé pour couper les jarrets, il tirait les casques des chevaliers, les égorgeait.

Déjà il avait perdu les autres et la mission semblait compromise.

Une boule de terreur se formait dans son ventre.

Sa petite hache, sa dague ne le rassuraient pas face à l'assaut des cavaliers nobles armés. Il les voyait foncer sur lui, l'aplatir. La Bête paraissait loin, déjà.

Trouver une voie. Ses quatre compagnons comptaient sur lui. Dos Noir, Engelier, Bertrand, Païen. Oublier le reste du combat.

Se concentrer sur l'objectif, la Bête.

Aloys doutait. Tuer un allié, vraiment ?

Il pensait maintenant qu'il valait mieux tuer des Anglais qu'elle. Il ne savait plus.

Il reçut une giclée de sang. Il savait de nouveau.

« Tuer. Tuer. Tuer. »

Aloys cherchait Bertrand du regard, balancé par la masse des fantassins dans l'espoir d'une percée.

Comme Job, usé mais volontaire et prêt au sacrifice. Sa douleur au ventre, un paiement pour toutes les fois où il avait cédé à la violence, à l'avarice et à l'orgueil.

Cet orgueil l'avait poussé au combat.

Aloys voulait être juste face à Dieu.

Au loin elle apparut, grande, le marteau levé.

« Dieu ! »

Les soldats arrivaient de tous côtés, barrant la route.

Bertrand hésitait à tendre son épée. Sur qui frapper ? Les corps amis et les corps ennemis se confondaient en un seul obstacle entre la Bête et lui.

À celui qu'il croisait dans la mêlée il hurlait : « Quelles sont tes couleurs ? »

On lui répondait en anglais.

Il tuait alors.

La guerre s'était étendue depuis le sud-ouest du territoire jusqu'en Bretagne. Elle incluait la terre de Flandres, l'île au nord au-delà de la mer qui protégeait ses côtes et ses frontières du nord, elles-mêmes attaquées par des barbares mieux organisés. Les années avaient passé depuis l'érosion du grand mur d'Hadrien.

Les soldats se définissaient en clans.

Nord, Sud.

Bertrand voyait les nobles qui, chacun de leur côté, se chargeaient de diriger leur armée. Sans les couleurs de l'oriflamme, il ne pouvait les distinguer, se demandait ce qu'ils voulaient vraiment.

À nouveau, la Bête avait disparu dans la foule.

« Morte ? » il pensait sans le croire.

Il hurlait, la vit de nouveau. Elle dépassait d'une tête tous les guerriers.

« Tuer ! »

On l'attaquait de tous côtés, des mercenaires anglais, roux. Bertrand se défendait de son bouclier, distribuait des coups de hache, regardait autour de lui, la retrouvait, la perdait !

De loin, un éclair, les cheveux blonds d'Aloys…

Bertrand vit les yeux bleus de son ami. À deux, ils la prendraient en traître, un devant elle, l'autre qui l'égorge.

Il la vit alors, plus grande qu'un ours.

« À mort ! »

Devant lui, une route bouchée.

Bertrand brisa la tête d'un soldat. Il cherchait à se frayer un chemin vers elle, titubant.

Il ne voyait déjà plus Aloys.

Au-dessus des milliers qui s'embrochaient sous un soleil de feu, les légats du Saint-Siège bénissaient le combat.

Des hordes de paysans marchaient l'air hagard, sans reconnaître les détails du drapeau qui leur servait de guide. Le même homme les avait commandés depuis le premier jour, avec promesse de lourds tributs, pièces d'or, femmes et repas.

Les règles étaient simples, il fallait suivre le seigneur, obéir et tuer en son nom.

Des lances perçaient les ventres et les bouches, la pluie tombait dru. Dieu était colère.

Dos Noir suivait le présage qui le rongeait depuis la veille.

Ébahi, curieux de sa propre mort, il

quittait les rangs, oubliait le fracas des armées. Des Anglais, il en avait massacré pour dix séjours aux Enfers. Il ne voulait plus. Il voulait la tuer, elle.

Dos Noir vingt fois blessé au combat la cherchait, les yeux fous.

Elle parut. Il vit le présage, souleva son épée. Il ne voyait pas les autres. Il la tuerait donc seul.

Maintenant tout près d'elle, qui ne le regardait pas.

Elle enfonçait son poing dans le visage des amis, des ennemis.

Dos Noir criait.

« Mort ! À mort ! »

L'épée levée vers le ciel, prête à tomber, il se lança, jubila un instant de rage guerrière. Le présage se vérifiait, il allait mourir en la tuant.

Il se lança, furieux, heureux d'accomplir ce pour quoi il se croyait né sur terre.

À portée de main.

Une flèche ennemie le tua net.

La Bête continua son chemin sans même avoir vu Dos Noir tomber.

Aloys avait tout entendu sur elle, les viols, sa passion pour les flammes, sa haine des corps et de toute chair étrangère à la sienne. Elle tuait femmes et enfants.

Au sommet d'un tas de cadavres, elle soulevait son marteau, le faisait tournoyer, tuait parfois trois hommes d'un coup.

La Bête se battait aux côtés d'Aloys mais ne le voyait pas.

Lui s'approchait pas à pas. Plus loin, Bertrand armé de sa hache évoluait entre les archers obligés de se battre aux poings, à coups de dague. Païen, bloqué, écrasé par des boucliers anglais ; Engelier glissant dans la boue trop liquide.

Il hurlait, le visage rouge.

La Bête ne différenciait pas les osts. Les mois passés, elle avait tué nombre de leurs amis.

Les seigneurs avaient refusé de faire justice. Eux seuls les avaient pleurés. Le petit frère de Bertrand. Un ami de toujours de Dos Noir. D'autres soldats aimés qui avaient combattu à leurs côtés. Dans la mêlée, elle tuait sans distinction. Elle était la rage aveugle des seigneurs.

Aloys voulait la tuer comme on veut tuer un dieu. Un pas devant l'autre. Pour la première fois si près d'elle, il tremblait. Derrière son dos de fer, elle paraissait invincible. Guidé par son orgueil de vaincre et d'être pur, Aloys avançait.

Et pourtant! Près d'elle, il hésitait encore.

Si grande. Sa masse retombait sur les corps et les faisait exploser.

La peur paralysait Aloys. Il restait à la contempler, fasciné. Un coup le renversa. Deux hommes de son camp, tués, venaient de s'effondrer sur lui.

Ses oreilles saignaient. Il entendait mal.

La Bête se taillait un chemin sans but dans les corps des deux armées.

Aloys la perdit de vue.

Cloué au sol, sonné par la chute, il avait moins peur. Mille bottes furieuses le protégeaient du monstre.

Le Grand Seigneur dominait la bataille.

Chef des soldats français, il était un homme important, riche, un grand nom. Son blason avait perdu des couleurs à la surface de son bouclier, mais il brillait toujours.

Il contemplait la Bête qui de son marteau gardait sauf l'honneur de son nom à lui, le Très Grand Seigneur.

« Tue. Tue pour moi. »

Dans sa folie elle tuait des Français, mais au moins les Anglais tremblaient à son approche.

La regardant faire, il espérait un miracle, un retournement du combat par sa seule force. Il avait voulu tuer à son tour. À tailler dans les corps pour lui, elle ouvrait le chemin !

Le Seigneur combattant avait foncé dans la bataille en criant le nom de son bastion.

Il priait pour tomber, s'assommer, qu'on le rançonne, devenir un héros et survivre. En finir vite, être de retour pour la prochaine guerre !

Un jet de boue le rendit aveugle. Paniqué, il agita son épée en tous sens et tua sans distinction, les ennemis, les amis. À son tour il devint comme la Bête, dangereux pour les siens.

Aloys le vit chuter, engoncé dans son armure trop lourde. Un coup de masse l'éjecta de son cheval, lui brisa les côtes et un genou. Le Seigneur se trouva pendu par la selle, sa tête en contrebas. Un second coup de masse fit éclater le ventre du cheval qui tomba. Les parties pointues de l'armure du Seigneur s'enfonçaient dans le grand ventre de l'animal, qui se débattait à coups de sabots, assommait des hommes, les fauchait de ses pattes.

Aloys dut esquiver la bête furieuse. Il glissa.

Le chef, prisonnier de son armure, hurlait sous le poids. Ses hommes qu'il avait blessés par mégarde l'abandonnaient.

Aloys regardait le Seigneur se débattre avec son cheval qui mordait l'air en bavant. Il regardait fasciné l'extraordinaire furie de l'animal. Il se débattait, écrasait son maître, l'enfonçait dans le sol boueux.

Aloys s'approcha. Sa hache était usée.

Le Seigneur mourait. Aloys voulait son épée. Ainsi armé il n'aurait plus peur.

Il posa les mains sur l'arme sacrée, un temps.

La Bête surgit alors.

Le Seigneur crut voir la Providence et tendit la main vers elle : la Bête était puissante, elle seule pouvait le sauver, le tirer malgré le poids lourd du cheval agonisant sur ses côtes.

Samson, elle avait la force de dix hommes et lui marcha dessus sans le voir. Le cou du Seigneur craqua sans un bruit. Il resta mort, la bouche ouverte.

Aloys, dans la terreur, lâcha la Sainte Épée qui retomba dans la boue.

Engelier, Bertrand, Païen, tous perdus dans la mêlée, voyaient leurs beaux plans balayés par la force des mouvements de foule et le hasard de la guerre.

La Bête avait continué son chemin comme

si rien n'était arrivé. Elle tapait sur toute chose vivante.

L'armée française était en déroute.

À travers le sang d'un autre homme qui lui coulait sur les yeux, Aloys vit la Bête s'éloigner en direction de la forêt, pourchassant des fuyards de son propre camp.

Dans la boue il retrouva l'épée lourde du Grand Seigneur.

Le jour commençait de tomber.

Ses oreilles bouchées par le sang, il n'entendait plus le bruit des combats. Il marchait en boitant, voulait suivre la Bête.

Des soldats ennemis le rattrapaient l'épée tendue.

Il para un coup furieux, sentit une vibration dans son bras, s'effondra dans la boue et manqua de s'étouffer, la bouche pleine de terre humide et de cailloux.

Un ennemi s'effondra près de lui.

Aloys au sol trancha la gorge de l'Anglais.

Il avait du sang plein la bouche à cause de la chute et des cailloux avalés. Son nez saignait, de la boue était entrée dans son œil.

Engelier, Bertrand et Païen venaient de surgir du chaos.

Un Anglais arrivait en courant. Bertrand lui enfonça les doigts dans le cou, griffa sa peau, planta son couteau dans son ventre.

Aloys, debout, fit tourner la lourde épée du Seigneur une fois dans les airs avec effort, les deux mains serrées sur le pommeau avant de la laisser retomber sur le nez d'un dernier attaquant.

Le visage de l'homme se détacha de son crâne.

Sainte Lame !

Païen, plus loin, crevait un homme petit, armé d'un grand couteau. Il fallut plusieurs coups pour le tuer. Le non-croyant victorieux cracha sur le cadavre.

Plus loin dans un début de brume, les ennemis chassaient les Français survivants. Ils se rassemblaient, achevaient les blessés, groupaient les prisonniers. L'ost ennemi, sauvé par la mort du Grand Seigneur et la disparition de la Bête, avalait les fuyards et les perdants.

Certains continuaient de résister. Ils étaient battus, mis en pièces. D'autres jetaient leurs armes brisées, posaient genou au sol. Un oriflamme ou l'autre, tant qu'on payait !

« Assez ! » Aloys voulait fuir les cadavres et la défaite.

Il se tourna vers Bertrand.

« Et Dos Noir ? »

« Tué par un Anglais. »

« Et elle ? »

« Disparue dans les arbres. »

« J'ai vu un ennemi la blesser d'une flèche. »

Bertrand, Engelier et Païen partaient

déjà en direction de la forêt avec d'autres fuyards. Aloys pensa à Dos Noir, au présage. Il hésitait à suivre les autres en direction de la Mort.

Le cuir de ses bottes se déchirait.

« Au Diable ! »

Suivant ses compagnons après la trace du monstre, il disparut entre les branches noires.

Ils n'avaient jamais couru si vite.

Leurs armures, boucliers, l'épée neuve d'Aloys pesaient. À quatre ils couraient dans les herbes, traçaient à travers les nuées d'arbres de la forêt dense. Ils couraient guidés par les cris des hommes en fuite.

Les Anglais étaient après eux.

En courant ils se penchaient, découvraient ici et là des cadavres de soldats le visage écrasé par un coup violent, la bouche sanglante, un autre le pied retourné avec l'os apparent. Un dernier n'avait plus de mâchoire, mais il donnait l'impression de vivre encore, les yeux grands ouverts.

« C'est elle. »

Plus loin dans la course folle ils trouvèrent d'autres cadavres.

Le jour tombait.

« Avant la nuit, vite ! »

La course difficile, ils entendaient toujours les cris des soldats. Les ennemis se trouvaient ralentis par des fuyards qu'il fallait achever. Eux quatre continuaient de courir.

La mission seulement.

Tuer la Bête.

Ils entendaient les cris, les coups, leur propre respiration. Ils entendaient le bruit des boucles de fer et le cliquetis des lames.

Ils hurlaient entre eux pour s'entendre.

Leurs cris se perdaient dans les autres cris.

Enfin, ils s'arrêtent et n'entendent plus rien que le bruit de la forêt.

Aloys, Engelier, Bertrand et Païen laissent tomber leurs armes. Ils ont fui la grande guerre et n'y reviendront plus.

Ils se regardent. Ils ont perdu la Bête.

Aloys crache au sol.

« Pour Dos Noir. »

Chacun d'entre eux a, au moins une fois, sauvé la vie d'un autre sans calcul. Dans ce monde où les pères tuent leurs fils, cela compte.

Ils ont confiance.

Les quatre chérissent la présence des arbres et de l'herbe seuls, le calme soudain. Ici, aucune parole humaine, aucun discours de guerre.

La forêt est dense, les arbres serrés.

« Nous l'avons perdue. »

« Hélas. »

« Partout elle laisse des traces, des rumeurs, il ne sera pas difficile de la retrouver. »

Ils respirent.

La course les a lavés. Ils sont humiliés, fatigués, déçus. La Bête est déjà loin.

Ils se haïssent et se réjouissent de l'avoir perdue.

Un homme les regardait.

Eux restaient immobiles, à le juger de loin.

« Anglais. Ennemi », dit Païen.

L'Anglais ne bougeait pas.

Aloys se répétait le mot « ennemi, ennemi ». Il posait la main sur son épée, Bertrand sur sa petite hache.

« Je le reconnais. C'est lui qui l'a blessée. »

« Tu as blessé le monstre ? »

L'Anglais ne répondait pas.

Aloys essayait de lire le visage ennemi, qui leur fit signe de le suivre. Les quatre pensèrent à un piège. L'Anglais avait sans doute tué un des leurs. Pour Aloys, même, s'il était bon archer, il avait pu tuer Dos Noir. Une flèche avait bien égorgé leur ami.

Aloys fixait le cou du Godon crevard.

L'Anglais se tourna. Il les pressait d'un geste de la main.

Eux se méfiaient davantage.

Plus loin, un cours d'eau. L'Anglais le montra du doigt.

« *Evil* », dit-il.

Dans l'eau, deux têtes à moitié enfoncées, la mâchoire découverte. Six corps de soldats, à côté de ces têtes, le ventre écrasé. Une eau sale, pleine d'un sang noir. Des yeux tenus à des fils de sang et de veines tendues hors du cloaque.

« Ennemie. »

Aloys avait vu les corps brûlés, les cadavres.

Il avait vu les enfants tués, leurs petits corps sans vie.

Il avait vécu l'horreur. L'horreur continuait.

« Elle mérite de mourir. »

« Ennemie. Ennemie. »

Aloys se répétait la chose, comme pour se persuader du bien-fondé de la mission.

Un Anglais avait tué Dos Noir. Un Anglais allait le remplacer.

« Ennemi. »

Il avait tué de leurs amis, sans doute. Ils avaient tué des siens. Tout cela, déjà, était derrière eux.

Un objectif commun les liait.

Le monde était simple. Un œil qui voyait au-delà du temps avait pré-écrit les existences. Dos Noir devait mourir. Ils devaient être cinq, amis ou ennemis rassemblés pour la cause.

Les rêves sombres d'Aloys allaient s'accomplir. Il en collectionnait les preuves.

Les signes étaient clairs.

Cinq hommes réunis pour tuer la Bête.

Leur vie n'avait pas d'autre direction.

Première partie

LE CIEL ROUGE

En traversant le pays, on découvrait partout des casques à l'abandon, pointes de lances, pommeaux, lames d'épées, flèches, parfois des ossements.

Les déchets de guerre, rouille et restes d'hommes, recouvraient le sol.

Les puits souillés, les maisons détruites, les routes tachées de sang. Seuls les arbres immortels, enracinés depuis les siècles, restaient intacts. La guerre touchait leur écorce, leurs feuilles, pas leurs racines. Indestructibles, ils attendaient les grands incendies pour plier comme le reste.

En surface, leurs lianes restaient immaculées.

En profondeur, la nature tout entière souffrait des querelles. Il avait tant plu de sang que la terre s'en était gorgée pour les siècles à venir. Tout ce qui viendrait à pousser, feuilles et arbres, contiendrait la mémoire des cadavres.

Comme par miracle, certaines terres avaient pu survivre aux affrontements. Chaque duché, seigneurie, chaque puits, fort, contrefort ou village semblait marqué.

Des îlots subsistaient pourtant.

Caché du monde un champ abritait, en bordure d'un bois dissimulé par un monticule de terre, une maison de pierre isolée, avec au centre du terrain un puits creusé peu profond sous un soleil rare, rapetissé par les branches des arbres.

Dans la maison vivaient un homme, sa femme et leurs deux enfants. François était un garçon. Il ne parlait presque pas. Sa sœur, Diane, venait d'avoir seize ans. Elle s'occupait de tout avec sa mère depuis qu'un accident avait laissé son père handicapé.

Leurs biens se limitaient à la maison, deux meubles et une poignée d'outils. Une exploitation sans grandeur.

Ils ne connaissaient pas le bonheur, un luxe de château.

Leur quotidien ne référait qu'au soleil et à la pluie, au passage du temps, une liste de devoirs, des activités de survie.

La rumeur des guerres n'avait jamais couru jusqu'à eux.

Ils ne connaissaient pas le malheur.

Diane et son frère, trop jeunes, n'avaient jamais vu de morts et n'avaient jamais vu de blessés. Leurs corps résistaient aux intempéries. Ils tombaient peu malades.

La famille n'avait pas d'ami. Elle n'avait pas d'ennemi.

Vu du ciel, l'îlot semblait introuvable.

Il était, du moins, caché pour un temps.

Diane, vêtue de vieux habits repris d'année en année, se penchait sur le sol sans regarder le ciel.

Elle commençait sa journée propre, la finissait le visage noir, les ongles noirs et les mains sales. La tâche lourde, elle ne se demandait pas d'où venait ce savoir qui l'aidait à la culture des terres. Son père le lui avait appris, le père de son père avant lui. Ils lui avaient transmis la différence entre la terre chaude et le sol léger où l'eau s'écoule et où l'air circule, et la terre froide et son sol lourd, épais. Le sol qui résiste aux outils et que l'humidité pénètre mal. Il lui avait appris à distinguer l'estragon du cerfeuil et de la pimprenelle, les variétés de fruits, les chants des oiseaux qui traduisaient leurs intentions.

Diane connaissait les raisons subtiles des changements de climat, les lois de la nature qui étaient celles de Dieu.

La beauté de Diane n'avait pas de limite, mais elle n'en pouvait rien savoir ; aucun juge, aucune comparaison possible.

Elle ne pouvait donc en tirer le moindre orgueil.

Ses yeux étaient si bleus qu'ils paraissaient transparents, sa peau très pâle. Née dans un château, on l'aurait parée de robes sublimes. Ici, elle était belle pour le soleil seul.

Aucun seigneur ne l'avait gâchée.

Jeune et pure, le visage parfait. Ses cheveux blonds, comme l'or.

Elle ne connaissait pas l'or.

Quand elle se lavait après une semaine de travail à s'occuper de son père et à aider sa mère, elle était en haillons mais ressemblait à un ange.

Diane pouvait remercier le hasard de ne lui avoir jamais fait croiser de soldats. L'isolement la protégeait des violences.

Elle ne savait pas le bonheur d'être pure.

De la vie, même, elle ne savait pas grand-chose.

Diane savait qu'il existait d'autres endroits, d'autres gens, des villes au-delà de son havre.

Son père lui en avait parlé. Simplement, elle ne les avait jamais vus.

Les histoires d'autres pays, de villes mythiques la fascinaient.

Elle passait ses rares moments de solitude dans un étang d'à côté, à flotter en regardant le ciel. Alors, elle avait l'impression de voler.

Les reflets des arbres et des feuilles qui entouraient l'étang rendaient l'eau noire en apparence, mais elle était presque claire.

Aujourd'hui, il n'y avait pas de vent. Diane s'était occupée de son frère et de son père. Avec sa mère, elles avaient préparé le repas et lavé les écuelles.

Elle s'était occupée de la brebis, de leurs poules et du seul cochon. Elle avait caressé les animaux, agité la paille, nettoyé ce qu'elle pouvait.

La crasse couvrait ses mains, elle couvrait ses bras.

Dans l'eau, la jeune femme regardait le ciel.

Les yeux fermés, se laissant flotter, elle ne connaissait pas de plus grand bonheur. Diane voulait rester ici pour toujours.

Quand elle rouvrit les yeux, elle vit au loin une forme humaine qui la fixait au bord du lac. La forme, à peine distincte, restait cachée dans le noir de la forêt, moitié confondue dans les arbres et pourtant imposante. Diane pensa à un guerrier, car elle avait un casque orné de larges cornes.

Dans l'eau la jeune femme sursauta et manqua de se noyer. Elle cherchait le fond du lac afin de prendre appui, marchait dans la boue et sur les racines.

Enfin, elle retrouva son équilibre et

regarda de nouveau en direction de la forêt. La forme avait disparu.

Une sensation de malaise l'envahit. Paniquée, elle cherchait l'apparition. Elle voulait voir ce qui la regardait, cette menace.

Plus un bruit dans la forêt, que les feuilles et un peu de vent : la silhouette avait bien disparu.

Diane cherchait pourtant, elle surveilla les arbres longtemps, mais rien ne reparut. Inquiète elle regardait les branches, leurs formes noires, et se faisait une raison.

Elle avait dû rêver.

Diane aurait pourtant juré qu'un homme, immense, l'avait fixée longtemps.

Sans nouvelle de la chose, essayant de se calmer, Diane reprit son bain. Elle laissa ses cheveux se perdre en filaments dans l'eau noire, seulement la silhouette cornue avait saisi ses pensées et elle ne trouvait plus le calme. Nerveuse, elle se leva de nouveau, regarda alentour, nue, frileuse, mouillée, les bras serrés sur ses seins. Diane surveillait les branches des arbres.

Après une heure à geler, elle retourna au bord de l'étang, se vêtit.

Elle ne pouvait s'empêcher de guetter. Elle n'osait pénétrer dans la forêt.

Cette nuit, Diane oublia de rentrer chez elle et s'endormit au bord de l'eau.

Ténèbres.

La Bête marchait dans la boue.

Jamais elle n'avait aimé. Son visage, dur. Son corps, protégé d'une armure en lambeaux, le cœur doublé d'une plaque de métal. Une flèche l'avait blessée, qui restait bloquée dans sa chair.

Elle ne la sentait pas.

Sa bouche se perdait dans l'ombre d'un heaume noir. Ses cheveux cachaient son front et ses yeux.

Ses yeux n'avaient pas de couleur.

Les masses d'armes avaient rebondi sur le métal de son armure. Les lances s'étaient brisées, les épées avaient glissé.

Elle marchait et ne pensait à rien, elle ne ressentait rien.

Sur le chemin, elle avait tué six fois.

Dans un étang elle avait cru voir une femme avant de la confondre avec l'eau même.

Elle avait trouvé refuge dans une ferme à l'écart du monde. Elle avait tué le maître de maison dont les jambes ne pouvaient plus servir, elle avait tué sa femme et leur fils. Elle avait dormi quelques heures au milieu des cadavres. Elle avait violé la mère. Les yeux du mari vibraient encore, mais il ne pouvait bouger.

Au réveil, la Bête jeta une torche dans la paille.

La maison brûlait dans son dos. La fumée montait au-delà des plus grands arbres de la proche forêt.

Bientôt, la forêt cracha une fumée noire.

Le père, sans jambe et toujours vivant, mourut étouffé au terme d'une longue nuit de souffrance.

Au petit matin, elle avait senti le feu, puis découvert l'endroit ravagé.

Diane marchait en tremblant.

La campagne était calme, les arbres indifférents.

Diane appela son père et sa mère, son petit frère enfin. Pas de réponse.

Elle voulut entrer, vit les animaux massacrés.

Paralysée, elle imaginait les corps de ses parents et de son frère brûlés dans la maison.

Sa bouche tremblait. Ses mains tremblaient. Les larmes montaient. Elle n'avait pas la force de rentrer et d'aller voir.

Les flammes commençaient de tout ronger, elles prenaient sur les arbres et sur l'herbe sèche alentour.

Diane ne savait presque rien du monde et des choses de la vie, mais elle savait qu'elle ne pouvait rester là. Elle devait fuir, abandonner sa famille et le havre de paix, ce bel îlot qui venait d'être rattrapé par la guerre.

Elle s'enfuit sans se retourner.

L’air était sec et le vent se levait.

Le feu prenait trop vite.

La Bête, elle, allait lentement.

Elle n’avait pas peur du feu.

Goliath, Ararat, une roche.

Survivre n’était pas son but. Elle était sans mémoire, une coque vide, un bloc.

Ses lèvres sèches.

Diane croyait le soleil levé, mais il faisait presque nuit. Elle marchait sans regarder ses pieds.

La violence de la veille l'avait mise en transe. Au-dessus des arbres, dans son dos, la fumée noire grossissait. Le feu avait gagné sur toute la forêt.

Un vent furieux le portait. Elle marchait plus vite.

Les flammes restaient encore loin d'elle.

Le feu courait sur le foin et sur l'écorce tombée des arbres. Il avalait tout, montait au ciel et s'y transformait en fumée, rongeait la vie partout. Seul le sol arrêtait le feu, il n'y pénétrait pas. Frustré par la résistance, il remontait, se vengeait dans les airs et sur tout ce qui vivait à la surface.

Les flammes formaient des murailles, deux lancées infranchissables qui faisaient presque un chemin. Diane avait l'impression d'être guidée, pas à pas, vers une seule route possible choisie pour elle par quelque force.

Le regard perdu, elle suivit cette route.

La bouche de feu ne voulait pas se taire.

Aucune rivière en vue.

Ses longs cheveux devenus rêches.

Le corps brûlé de son père, le corps brûlé de sa mère. Le petit corps brûlé de son frère. Le champ, les arbres de la forêt. Tout ce qu'elle avait connu, tout ce qu'elle avait aimé, la totalité de son monde allait disparaître. Si elle survivait et décidait un jour de rentrer, elle ne trouverait qu'un tas noir.

Diane marchait, sèche à l'intérieur. L'air devenait sale et puant. Elle avait remonté sa robe comme un foulard jusqu'à sa bouche. L'effort physique la libérait un peu de la tristesse.

Elle se concentrait sur sa survie.

Les arbres, comme elle, désespéraient

d'eau. Leurs branches longues, fines, le feu n'en faisait qu'une bouchée.

Dès qu'elle oubliait l'inconfort, Diane repensait à sa famille, elle revoyait les images horribles, les visages brûlés, du bois fondu, agonisant, des coulées de noirceur.

Elle continuait de marcher.

Un sanglier surgit en hurlant et passa devant Diane sans même la remarquer.

Elle sursauta : la bête poussait des cris horribles.

L'animal, une masse noire, sale, hystérique. Ses pattes couraient sur le sol sans plus s'arrêter. Il donnait l'impression de voler. Partie de son pelage calciné, gris, sa bouche pleine de bave, ses dents visibles, pointues, il beuglait à mort.

Son instinct le guidait vers l'eau.

Pétrifiée, Diane le regarda fuir et disparaître.

C'était le siècle des flammes.

Sur les routes du pays tout brûlait : corps, arbres et maisons. Si cela continuait, à la fin, de l'humain et de ses constructions, il ne resterait plus que les os et la pierre.

Ces mêmes langues de feu entouraient les cinq hommes.

Après avoir vu la maison brûlée, l'enfant tué et ses parents massacrés, ils s'étaient enfoncés dans la forêt.

La piste de suivre la Bête au cœur de l'incendie paraissait folle.

Aloys ferma les yeux.

Il revoyait l'huile brûlante jetée depuis les remparts, se souvint d'un jeune brûlé qui n'avait pas seize ans. Il avait le visage d'un enfant et venait d'arriver. Ses cheveux longs étaient sales. À l'entendre parler, il semblait immortel.

Il courut vers la mort comme on va se jeter dans un lac.

Toute la nuit, il hurla. Le campement subissait ses cris qui ne s'arrêtaient plus.

Ce siège maudit avait été le dernier. L'ost avait brûlé les villages alentour. Les soldats du château leur avaient jeté l'huile en feu. À la fin, eux avaient brûlé le château.

Aloys regardait la forêt se dissoudre.

Quitter un bûcher pour en trouver un autre.

Il se demandait ce qui pourrait rester du monde, maintenant que tous les châteaux et toutes les forêts brûlaient sans fin.

Dans les mêlées nombreuses, ils l'avaient accompagnée.

En tuant les ennemis par poignées, elle avait plusieurs fois sauvé leurs vies. Ils avaient sauvé la sienne.

En l'appelant la Bête, ils lui prêtaient un nom de femme, Satan les jambes ouvertes, la putain malfaisante.

Ainsi nommée, elle les dominait tous, aucun bras ne pouvait retenir le sien.

Elle marchait sur les corps de ses victimes. Ceux qu'elle tuait n'avaient pas le temps de comprendre que la vie les quittait. Ils voyaient fondre sur eux la puissance, ouvraient la bouche et mouraient.

Les cinq hommes l'avaient observée sur les champs de bataille, comme elle fendait les crânes. Son marteau tordait les écus, faisait des trous dans le fer et l'acier. Elle dansait, montait sans effort les échelles. Une fois sur les murailles, le casque muselant son visage informe, elle faisait valser les corps dans le ciel qui retombaient brisés en deux dans les douves.

Dans la mêlée, elle était Moïse face à la Mer ouverte.

Satan armait son bras.

Pour la première fois de leur vie, Aloys, Engelier, Païen, Bertrand et l'Anglais, qu'ils appelaient Godon, ne se battaient pas pour l'argent, ni pour survivre.

La Bête était responsable de tout.

Son immondice la plaçait sur un trône.

Chacun des cinq hommes avait cela en commun qu'il ne pouvait supporter l'idée qu'un telle chose, puisqu'il fallait la nommer, puisse continuer à vivre.

Un monde qui l'abritait ne pouvait être un monde.

Païen avait dit :

« J'ai vu après elle un enfant qui n'avait plus de jambes, son visage couvert de sang. Il n'avait pas cinq ans et ne criait pas. Le corps de sa mère gisait plus loin sans tête. »

Bertrand avait dit :

« J'ai vu un homme dont la moitié du visage avait été arrachée par un coup de marteau. Il avait le même regard et pourtant il n'avait plus de bouche. »

Aloys avait dit :

« J'ai vu une femme ramasser les corps de ses enfants morts. Les soldats passaient autour d'elle, ils marchaient sur les cadavres que la boue avec la pluie enfonçait dans le sol. Elle les ramassait comme on ramasse des fruits pourris sur le sol humide. Il y avait la mort dans son regard. Elle ne voulait plus vivre. »

Godon avait dit :

« I saw a dead horse, cut in half, dead eye, guts spread on the ground. »

Engelier avait dit :

« Je l'ai vue tuer, cela suffit. »

Ils lui attribuaient tous les meurtres, la tenaient à raison pour responsable du feu.

La terre gronda soudain.

Un grand arbre millénaire, qui n'avait pas bougé depuis mille ans, s'effondra devant eux. Tombant, il emportait avec lui terre et racines, pluie d'insectes qui dormaient là depuis toujours et venaient saluer l'incendie.

Godon marchait devant aux côtés de Païen.

Il avait chaud.

Ses vêtements usés mêlaient le cuir au fer à demi rouillé, et à des taches de sang séché qu'il n'avait jamais su laver.

Godon s'était battu sur tous les fronts, au nord de son pays, au-delà des ruines du Grand Mur, sur les côtes et sur les mers. Il avait connu les traversées sanglantes et fait commerce dans le sud du pays ennemi.

Il avait vu plusieurs fois changer de mains les frontières.

Ici ou ailleurs, ceux qui possédaient les richesses changeaient toujours, sur les terres dites unies les langues mêmes changeaient, là-haut entre sa langue à lui et celle des barbares, ici-bas entre argot et patois, oïl, oc et gascon, langues à moitiés mortes ou bien mourantes.

Dans le monde il avait longtemps cherché une unité en vain.

Dans les combats il avait trouvé un but.

Sa patrie devint la Bête, le point d'ancrage, son nord, l'étoile guide.

Il l'avait blessée de sa flèche, elle était donc mortelle.

La tuer signifiait réparer le monde.

La roche mesurait une moitié d'homme, enfoncée dans le sol depuis le premier jour du monde.

La Bête se reconnaissait en cette chose qui se contentait d'être là, imbécile.

Hors les guerres, elle traquait, tuait, abandonnait les cadavres, partait loin. Elle trouvait le sommeil par accident, tuait dans ses rêves, se réveillait, tuait à nouveau.

Elle hésitait à taper la roche invincible.

Lassée des hommes, elle trouvait leur chair molle. Ils ne suffisaient plus.

Elle voulait déraciner les arbres, détourner le cours des rivières, faire éclater la force des vagues, détruire l'eau. Elle voulait fendre les montagnes, faire tomber le ciel, hacher l'argent, l'or et les pierres rares.

Accompagnée par les flammes toujours, elle voulait briser les pattes de chevaux lancés au galop, les faire à ce point plier sous les coups qu'ils finiraient par se mêler au sol.

Elle voulait, à force de coups, creuser jusqu'au bout de la terre.

Elle pensait ainsi creuser jusqu'au ciel, par en-dessous, et là, rencontrer le créateur de tout, lui arracher les yeux, les membres et avaler son esprit pour le détruire et l'aspirer en elle.

Diane priait.

Elle levait les yeux et les bras.

Son père avait conté des paraboles.

Job, Moïse, l'Enfant prodigue.

Elle ne comprenait pas le sens de tous les mots. Les mots la fascinaient. Elle ne leur faisait pas confiance.

Son père parlait peu. Ses mots avaient un pouvoir. Quand il parlait, elle écoutait, cherchait des images et l'imitait.

Diane répétait la chose.

Elle marchait.

« Dieu. »

Elle avait trop chaud, étouffait. Le vent rapprochait le feu d'elle.

Pour éviter un retour de flammes, elle s'agrippa à une branche rouge, incandescente. Elle se brûla la main et hurla.

La famine de ce siècle avait nourri la terre d'os, de cadavres.

Le fléau suivant la grande famine avait entassé les corps qui, se décomposant, avaient continué de nourrir cette terre.

Des fantômes habitaient le sol français. Leurs âmes erraient entre le sable et les cailloux, elles s'emmêlaient dans les racines. Rien ne poussait en dessous.

Diane entendait les âmes crier.

Une pensée l'obséda.

Dans la peur, elle avait agi trop vite. Son frère, ses parents avaient peut-être survécu. L'un d'eux pouvait être resté coincé sous une poutre, agonisant, il avait besoin d'elle.

Diane voulait rentrer. Elle voulait retourner sur ses pas.

Elle se tourna et resta figée.

Une vague de feu de plus de dix mètres lui faisait barrage, soufflant au-dessus des arbres un air sale.

Les arbres sur la route avaient des formes monstrueuses. Le brasier unissait tout, écrasait les preuves de passage.

Arbres coriaces, lourds conifères, branches résinées de chênes anciens, racines plantées dans le sol depuis des siècles, tout partait en fumée noire.

L'air se réduisait à cendres. Cette forêt qui brûlait, c'était toutes les forêts de France.

Pour Aloys, les arbres croulant évoquaient les corps tordus des champs de bataille, les bras dans un sens, les jambes dans l'autre.

Ces arbres tendaient leurs mains vers lui. Leurs écorces tombées parfois révélaient un corps blanc.

Aloys trébuchait. La chaleur l'étouffait.

Trop chargé, il était à la traîne.

Les quatre devant lui marchaient dans la fumée sans plus savoir quel chemin suivre.

Diane priait pour une rivière, toussait, cherchait l'air.

Des braises volaient et lui brûlaient les joues. Elle cachait son visage de sa tunique, cherchait à se protéger en vain. Le feu trouait le tissu.

Faible, elle voyait des démons dans la forme des flammes.

Elle y voyait son père.

Elle priait toujours, se haïssait de n'être pas entrée dans la maison, pour voir, pour savoir.

Au pire, elle serait morte auprès d'eux.

Des branches noires tombaient à ses pieds. Fougères et feuilles, plantes, racines se recroquevillaient, tassées par le feu.

Les arbres immortels, noircis, réduits à une grimace.

Diane titubait.

Ses pieds brûlaient. Le sol était brûlant.

Elle pensait qu'elle méritait de mourir.

À l'origine du monde, il y avait le feu.

Aloys titubait.

Il n'était plus qu'un corps.

Il touchait les mailles de sa cotte du plat de sa main. Comme un talisman – mieux qu'une croix, l'armure le protégeait des flèches.

Son cœur battait sous le tissage savant de maille annulaire, camail et tréfilage – anneaux de fer par un rivet fermés, liés par lacet ou fil métallique, en airain, corne et cuir.

Cette cotte, il en aimait les déchirures et la portait depuis toujours.

Elle était sienne, mais il avait trop chaud.

L'épée qu'il avait volée, aussi pesait.

« Tuer, tuer. »

Le mot, répété, ordonnait pour lui la vie.

La tuer elle.

La colère, péché hideux, le motivait. Il avançait grâce à celle-ci.

« Aloys ! »

À la traîne.

Bertrand l'encourageait.

Godon marchait droit.

Les flammes imposaient le chemin à prendre : là où les arbres tenaient encore, fiers, avant d'être avalés à leur tour.

Elle avance sans forcer, il lui suffit de se laisser porter.

Elle ne voit pas les flammes. Elle peut manger des écorces brûlées et se nourrir de cendres. Elle ne sent pas les brûlures.

Elle-même fait partie de l'incendie.

Elle ne ressent pas de colère.

Sa route, tracée comme un couloir de feu.

Diane s'endormait en marchant.

Elle avait rêvé d'un champ d'herbe.

Elle se voyait sourire dans son rêve. Heureuse, elle dormait avec ses guenilles seules.

Les champs, immaculés, les récoltes riches.

Le blé, sublime, poussait plus vite qu'à l'accoutumée.

La chaleur l'avait réveillée.

À cause du rêve elle croyait avoir échappé aux flammes, mais le monde continuait de brûler. L'incendie même avait gagné du terrain.

Déception et colère.

Diane courut jusqu'à un promontoire pour se protéger du feu, mais celui-ci l'encercla vite.

Désespérée, elle ne vit pas d'ouverture.

Diane s'approcha du bord, avala quelque fumée, toussa, arracha un pan de sa tunique et le mit sur son nez pour se protéger le visage avant de sauter dans le vide.

Elle tomba de travers. Sa cheville lui faisait mal et sa cape de laine resta coincée. Elle tira dessus, la jeta loin et la vit brûler.

Diane courut sur des braises, se brûla les mains, enfin sortit du feu.

Plus loin, elle continua de courir en boitant. Les flammes faisaient des volutes. Des appels d'air les transformaient en cercles qui se tordaient avec le vent.

Elle avait mal.

Sa cheville était peut-être brisée.

« À l'aide », elle criait. « À l'aide ! »

Mais qui pouvait l'entendre ?

Aloys n'avançait plus et regardait l'incendie.

Bertrand le pressait.

« Alors ? »

Aloys restait sans voix devant le gigantisme.

Son ami le secouait.

« Jamais, peut-être, nous ne reverrons une chose pareille. »

Bertrand lui tirait le bras.

« Tu as déjà vu des villes brûler. »

« Cette fois c'est tout qui brûle, même le ciel. »

Bertrand craignait la mort douloureuse. Les flammes se rapprochaient, le faisaient étouffer.

Aloys méditait.

« Le feu l'a sans doute avalée. »
« Non. »
« Il avale bien les arbres. »
« Oui, mais pas elle. »
« Alors, tu as raison. Il faut continuer. »

Son père et sa mère veillaient sur elle. Elle était alors au centre du monde. Son frère n'était pas encore né. Elle ne connaissait pas Dieu. Elle était le centre du monde.

Mais de monde il n'y avait plus. À quoi pouvait servir d'être le centre de rien, seule au milieu des cendres ?

Tout près d'abandonner, convaincue de mourir, dans le bruit des flammes, Diane entendit un peu de musique.

La musique disparaissait et revenait sans cesse.

Elle crut devenir folle.

Des cloches d'église sonnaient dans l'incendie.

Diane regarda le ciel que les arbres

calcinés cachaient à moitié. Elle réalisa qu'il faisait jour.

Les cloches sonnaient plus fort.

Oubliant le brasier, elle courait vers elles.

La mélodie prit bientôt le dessus sur le bruit, un son de cloches qui, portées par le vent, battent et sonnent clairement pour tout le village.

Diane cherchait partout les cloches de religion, elle courait, trébuchait, se rattrapait de ses mains aux racines des arbres.

Elle traquait la source du son magistral. Son pied heurta un talus, plusieurs racines, elle tomba et rebondit sur la terre, des flammes surgirent par en-dessous. Diane se protégea le visage de ses bras avant de courir sans plus se retourner.

En un saut, d'une motte à plus bas, elle s'échappa.

Sous ses pieds le sol humide, de la mousse; elle glissait. Le feu continuait au-dessus d'elle, seulement un monticule gorgé d'eau protégeait Diane.

Elle avait échappé aux flammes.

Les cloches, déjà oubliées par elle, avaient cessé de sonner.

Elle se releva, ouvrit grand les yeux.

Diane vit l'eau dans toutes les directions, une eau pâle, noire, et le courant.

Une rivière lui faisait face.

Aloys ne pensait plus à la Bête.

Son ventre le pliait. La douleur punissait son orgueil de vouloir être glorieux. Son esprit créait lui-même les douleurs. La punition n'était pas celle du monde, mais la sienne.

Il soliloquait sur son corps comme font les hommes qui hésitent pour toute chose et qui ne savent pas qui ils sont. Il se vivait comme le centre du monde mais ne le savait pas.

Les autres se tournaient, échangeaient des regards.

« Nous l'avons perdue, et nous allons mourir. »

Ils couraient à l'aveugle, entourés par un monde rouge, à peine protégés par leurs vêtements enroulés autour de leur tête et de leurs bras, suant sous les mailles et les attaches usées des armures.

La rouille, sous la lumière ardente brillait.

Quand l'un tombait, ceux qui couraient derrière dans leur lancée le rattrapaient.

La rage de mourir brûlés pour rien les habitait.

La rage d'avoir perdu la Bête.

Plus loin.

Face à eux, un homme écartelé, les bras et parties du corps cloués sur un arbre très grand. Il avait les jambes pendues, la langue ouverte, les cheveux sales et noirs de sueur et de sang séché.

Écartelé ainsi sur l'arbre, il semblait que sa taille avait doublé, avec ses bras et ses jambes réduits à filaments. Des bouts de son corps, détachés de la masse, gisaient au pied de l'arbre.

Il était un insecte de sang collé à l'écorce et sa chair se trouvait partout hors de lui, étalée sur les choses.

Aloys avait les yeux grands ouverts. Il tendait les bras vers la vision.

« Dieu ! Dieu ! »

L'orgueil, et maintenant la colère.

Mauvais chrétien ! Mauvais chrétien !

Païen se tourna. Ses yeux reflétaient les flammes.

Il souriait presque.

« Accueille la nouvelle, Aloys ! C'est la bonne route. Ton Dieu nous a guidés. »

« Mon Dieu ? »

Païen ne répondait pas. Il reprenait la course.

« Les flammes ! Il faut partir ! »

Aloys s'agrippait au tronc de l'arbre, regardait le corps mutilé. Il levait le poing vers le ciel.

« Dieu ! », il hurlait.

Bertrand le tirait.

« Viens. »

Aloys ne répondait pas.

Son ami se tourna en boitant vers les trois autres qui s'éloignaient. Il n'était pas blessé, mais son genou lui faisait mal. Il fallait fuir. La rage d'avoir vu le mutilé lui donnait de la force.

La Bête ne pouvait être loin.

Rage et colère.

Le meurtre odieux lui donnait raison.

Les flammes arrivaient en bourrasque.

Elles couraient vers le grand arbre de l'homme écartelé, rongeaient tout vers le haut, branches, écorces et chair blanche, cherchant le ciel avant de transformer le corps mutilé de l'homme en une torche.

« Tu veux mourir ? » hurlait Bertrand.

Aloys se tourna. Son visage d'habitude crispé, tout de colère, paraissait au repos.

Il souriait.

« Tu entends ? il dit à Bertrand. Tu les entends ? »

Le vent nourrissait une vague de feu nouvelle qui monta au-dessus d'eux, prête à les engloutir.

Aloys restait debout, l'oreille tendue, quand son ami continuait de lui tirer le bras.

« Tu les entends ? »

« Entendre quoi ? »

« Des cloches qui sonnent vêpres. »

La musique changea Aloys.

Il accepta la main tendue de Bertrand.

Godon criait plus loin.

« Water ! Water ! I see a river ! »

« Qu'est-ce qu'il dit ? »

« De l'eau, il voit de l'eau. »

Un miracle, Aloys pensa.

« Un miracle », il se répétait, comme pour le rendre vrai, car au fond de lui chaque jour il doutait de l'existence du divin.

Diane enfonça son corps jusqu'aux seins dans l'eau de la rivière. Sa robe trempée, elle plongea la tête, dispersant les cendres qui collaient à sa peau.

Elle se purifiait.

Une plénitude soudaine. Ses cheveux longs, lourds, collaient à ses épaules. Elle se souvenait des baignades dans l'étang et voulut rester là pour toujours.

L'incendie avait atteint la limite de la forêt et se consumait vers le haut. Son ombre planait à la surface de l'eau.

Une explosion de flammes rugit. Diane plongea tout son corps. Sous la surface, elle continuait de sentir la chaleur extraordinaire.

Elle ne savait pas nager, elle avait presque

pied, sautait dans l'eau et glissait sur la boue. Diane lutta jusqu'au bord opposé de la rivière. Elle y arriva en agitant les bras. Elle buvait l'eau sale, toussait.

Diane tremblait dans cette eau.

Arrivée sur la berge, le corps agité de tremblements, elle serra de ses mains des racines. La nervosité des deux jours passés dans les flammes et le vent chaud des braises retombait.

Prise de hoquets, elle pleura.

Diane ne savait plus qui elle était, ni ce qu'était le monde.

Les larmes coulaient sur son visage.

Son corps trempé d'eau les rendait invisibles.

Diane avait appris à bêcher, à surveiller le soleil, les herbes et les fleurs, à s'occuper de l'eau du puits, de son frère et de sa mère, à soigner les blessures et gérer la récolte.

Mais ne penser qu'à elle, elle ne savait pas faire.

Blessée, elle s'enfonçait dans la terre molle.

Éteinte, les yeux plissés, elle regardait ses membres, ses cheveux, les touchait, et se touchait la peau.

Maintenant qu'elle avait survécu aux flammes, pour la première fois de sa vie, elle n'avait pas de mission.

Une sensation de vide la surprit.

Il n'y avait plus personne pour la connaître, l'attendre ou dire son nom.

Diane, inutile, découvrait Diane. Elle prenait conscience qu'elle existait maintenant qu'elle se croyait abandonnée de tous les hommes.

Elle se trompait.

Un grand esprit veillait peut-être, car Diane n'était pas seule dans la rivière de cendres.

La petite apparut comme un miracle.

Sa gorge brûlée, des râles sortaient de sa bouche.

Pas plus de six ans, le regard noir et le corps cassé. Elle avait eu, au moins, la force de nager jusqu'ici, accrochée de ses petits bras à une branche lourde de bois mort.

Diane la regardait trembler, cette forme minime, recroquevillée dans un coin, trouvée là. Ses dents claquaient, ses yeux – un vide infini –, ses cheveux blonds étaient sales et cassés, une mèche raccourcie avait dû brûler en flèche.

Diane hésitait à s'approcher d'elle.

La petite renifla. Son visage : la misère même.

Bientôt, elle se mit contre elle et la tint

fort. Elle essayait de la réchauffer, lui demanda son nom mais la petite ne pouvait répondre. La terreur bouchait sa vision. Le monde apparaissait flou de couleurs sombres devant ses yeux et elle ne distinguait plus sa chair de celle des arbres et des cailloux.

Enfin la petite sentit une chaleur.

Diane continuait de la serrer contre elle.

Dans les yeux bleu profond de l'enfant, elle voyait un trou béant où elle se trouva elle-même.

Deuxième partie

LA TERRE NOIRE

La rivière maintenait les flammes de l'autre côté.

La petite restait agrippée à elle comme à un arbre et ne la lâchait plus. Elle ne la regardait pas. Diane avait l'impression qu'elle ne se rendait pas compte de sa présence. Pourtant, elle s'agrippait à la petite comme la petite s'agrippait à elle.

Diane soufflait, elle tenait quelque chose, quelqu'un qui n'était pas mort.

Sortie des flammes, le monde paraissait un monde neuf.

Elle profitait du calme pour l'étudier.

Les arbres de ce côté-là de la rivière étaient gris, maigres, leurs racines cassantes. Au moins, ils vivaient : mieux valait secs que de cendre.

La forêt nouvelle était plus maigre. Ses arbres, espacés.

Entre les rares branches, Diane pouvait deviner une plaine.

Partout, la nature s'organisait en passages comme pour l'empêcher de choisir. Elle se demandait s'il n'y avait qu'un seul chemin, une seule route à prendre.

Ils avaient fini de traverser la rivière.

Aloys, à la traîne, regarda s'éloigner les autres. Il se versa un peu d'eau sur le visage, reprit la route avec eux.

La Bête dormait peu. Ils le savaient, eux qui ne l'avaient jamais vue au repos. La faute à sa force, supérieure à la leur, ils ne pouvaient faire de trop longues pauses.

Ils avaient perdu sa trace pendant les deux jours d'incendie, mais le cadavre suspendu aux branches, la langue tirée, prouvait qu'ils suivaient la route juste.

Ils pensaient tous au corps écartelé.

« Un sacrifice. »

Aloys crut voir une comète.

Un signe.

Il n'avait pas suivi d'enseignement religieux, mais il croyait en Dieu. Il s'efforçait de croire.

Il savait que certains faisaient le Bien, et d'autres le Mal. Il avait enduré la souffrance, perdu des amis proches, connu la fièvre et la peur de mourir.

Ce qu'il voulait, c'était construire un rempart autour des choses, détruire la Bête pour donner au monde un sens.

« Orgueil ! Je voudrais être chevalier, porter l'arme en forme de croix, l'épée noble de beau lignage. »

Il souffrait de n'être jamais assez bien, de n'être jamais assez bon.

L'épée Jésus, forgée pour purifier.

Aloys se tourna vers ses compagnons comme lui trempés. Il craignait d'évoquer les cloches qu'il était seul à avoir entendues. Fatigués, Engelier, Païen, Godon et Bertrand s'isolaient, restaient prisonniers de leurs pensées propres, reconnaissants en silence d'avoir survécu à la mort brûlante.

Chacun méditait en privé avec son protecteur.

ENGELIER

Dieu veille, mais il est rare.

Avant qu'il m'ait sauvé des flammes je n'avais qu'une fois senti sa présence. Alors, la solitude me pesait. L'hiver de cette année était un hiver difficile. Les légumes poussaient mal. Les arbres, secs, ne donnaient plus de fruit. Les réserves, les caves à moitié vides n'étaient partagées par personne. J'ai dû supplier des voisins de nourrir ma famille.

Ils refusaient par peur de manquer.

Après des mois j'ai quitté mon village. J'ai laissé une mère et une sœur affamées, avec la promesse de rentrer les bras chargés de nourriture. Je ne suis jamais rentré. La peur de ne pas les trouver vivantes après toutes ces années empêcha mon retour.

Quand je les ai quittées je ne me suis pas retourné.

Je n'ai pas vu leur visage une dernière fois. Je les ai imaginées me regardant. Quand je pense à elles, ce n'est pas leur vrai visage que je vois mais le faux souvenir de ce jour.

À chaque pas qui m'éloignait, alors, je me sentais moins lourd.

Sur le chemin, j'ai senti Dieu en moi.

Pour prix de cette liberté j'ai dans un combat perdu un œil.

Au sortir de la forêt, aujourd'hui j'ai senti Dieu sacré à nouveau dans la rivière froide.

Je l'ai senti.

Je me méfie des mots.

Les hommes parlent dans le seul but de faire oublier leurs péchés.

Ils parlent pour se cacher de Dieu.

BERTRAND

Le miracle a eu lieu. Nous avons survécu aux flammes et la vie n'a plus le même goût.

Je me souviens d'une femme, de la seule fois où j'ai aimé. En elle j'ai senti Dieu. Dans son sexe, je l'ai approché. Quand j'ai joui en elle, j'ai ressenti des choses que je n'ai plus vécues depuis.

J'ai écouté les prêtres, les oraisons. J'ai écouté les lectures du Livre, les leçons données par Christ. S'il existe un rapport avec ma vie, je le vois ce jour précis, en elle qui m'a fait connaître le plus beau. Je n'ai pas, depuis, connu de plus haut point.

Il n'existe pas de plus haut point.

Je sens qu'elle vit encore mais je ne sais pas où.

Un monde avec elle, c'est un monde beau, un monde qui se tient comme une montagne peut se tenir.

Un monde où l'on survit aux flammes, c'est un monde où la mort ne triomphe pas toujours.

Si ce monde est attaqué par des bêtes féroces, des maladies, s'il est rongé par des incendies qui consument les arbres, les maisons et les fleurs, il faut lutter contre ces bêtes et contre ces maladies, contre ces incendies.

Dieu existe, je l'ai vu à travers elle.

Il était elle.

On dit qu'il n'est pas dans les choses physiques, mais ce n'est pas vrai.

Je l'y ai senti.

ALOYS

Dieu, je ne l'ai jamais senti. Je ne le mérite pas.

Les douleurs au ventre qui me rongent sont la preuve de la punition. Il est de mon devoir de fléchir devant lui.

Dieu me punit, parce que je le comprends mal.

Je ne suis pas prêt pour lui. Les places à ses côtés sont rares même si beaucoup y prétendent. Il ne suffit pas de payer avec l'or. Jésus dit au temple que Dieu est pour tout le monde. Il dit qu'il ne faut pas interdire l'accès du temple aux plus pauvres, mais moi je pense que je ne mérite pas d'entrer dans ce temple. Je ne dis pas qu'une poignée le mérite plus que les autres, je dis que moi et moi seul je ne le mérite pas.

Il est trop pour moi, et mon image est salie.

J'ai tué des gens. J'ai peut-être eu raison de tuer. Certains dans la foule de batailles, dans la foule des armées, valaient presque la Bête.

Moi-même.

Ceux que j'ai tués, ai-je bien fait de les tuer ?

Je ne mérite pas de m'assoir auprès de lui. J'ai tué des hommes qui le méritaient, et d'autres qui ne le méritaient pas.

Si je tue la Bête, peut-être je gagnerais cette place, malgré l'orgueil.

Je ne lui en voudrais pas de me refuser l'accès aux portes.

PAÏEN

Je les connais, je les ai vus avant les batailles, après les batailles, ils remercient Dieu de les avoir sauvés des flammes.

Moi, je ne sais pas où il est. Je ne sais pas qui il est. Je me tourne et je vois des arbres, des pierres, je vois des animaux, des gens. Je ne vois pas Dieu.

Je ne veux pas me rassurer. Le vide me convient. Je n'ai pas besoin de père.

Je n'ai pas besoin de l'Église pour me dire ce qui est bon et ce qui ne l'est pas. Je n'ai pas besoin qu'on pose une main sur mon épaule : je ne veux pas de ce poids-là. Je ne veux pas qu'une main, aucune main, vienne peser sur moi. Je ne veux pas de cette fausse attention menteuse.

Je n'ai pas besoin d'un livre pour comprendre que la Bête est mauvaise et qu'il faut l'attraper.

Je ne suis pas un enfant.

Je n'ai jamais écouté de prêtres, avec leurs sermons qui ne finissent pas, les mêmes que j'ai pu entendre sur les champs de bataille, ceux des prélats qui nous disent la raison des combats.

Je n'aime pas les moines, les prêtres, je n'aime pas les hommes ou les femmes d'Église.

Le hasard et notre force seuls nous ont sauvés des flammes.

GODON

God exists inside me.

He is filling me with words.

The others they talk words but these words make noise, only I hear him inside in my bones and organs, I hear him exploding in my blood, my blood filled, my blood organs heart everything in me is him, he is my conscience my hair my food, carry him my feets are him they walk on him possessed by his genius, I am following the path he has lit for me, even in darkness the perpetual night with him is a sun, opened wide I just have to follow him inside of me, guiding me, I feel his presence always

I accept and welcome him

Yes.

Diane respirait l'air normal.

Ses poumons lui faisaient mal, mais elle se sentait mieux et marchait à une allure simple.

Les nuages descendaient si bas qu'ils semblaient confondus dans la terre. En à peine une heure, une brume légère recouvrit le monde et le gris l'emporta sur les autres couleurs.

À nouveau, Diane voyait mal.

La brume rendait les choses humides. Quand elle touchait ses lèvres de sa langue, elle goûtait un peu d'eau, en récupérait dans le creux de ses mains qu'elle déposait ensuite sur les lèvres de la petite.

Fillette buvait les yeux fermés. À peine plus vivante qu'une fougère, elle ne bougeait pas, s'agrippait fort.

Au moins, elle respirait, son cœur battait.

À la tombée de la nuit, Diane sentit la fatigue, se posa contre un arbre et laissa glisser Fillette sur le sol.

Contre le corps de celle-ci, en un instant, elle s'endormit.

Aloys laissait les autres marcher devant.

Il pensait aux routiers de l'an passé qu'un seigneur avait décidé de punir.

Les hommes, dont il avait loué le talent guerrier, avaient plusieurs fois ramené trop de femmes et de vin. Ils avaient festoyé des nuits entières, certains avaient même trahi le seigneur en refusant de se battre à cause de paiements négligés.

En pleine nuit, tandis qu'ils s'abandonnaient à une fête ne finissant plus, le seigneur, accompagné de sa garde rapprochée, nobles et mercenaires affiliés, les avait fait arrêter. Pour donner l'exemple, il avait ordonné à ses soldats de leur crever les yeux avant de les relâcher sur la route.

Rendus aveugles, ils erraient à plusieurs, se dispersant à mesure des journées.

Pas un ne survécut. Des paysans vengeurs les avaient égorgés, poussés dans les rivières, empalés de leurs fourches en paiement pour les viols passés, les vols et les pillages.

Certains criaient, la plupart avaient tenté de résister, d'autres étaient restés silencieux.

Aloys revoyait leurs yeux noirs.

Il avait contemplé muet le massacre d'orbites.

Le seigneur avait cru bien faire, il pensait décourager les lâches et les fuyards. Il n'avait plus perdu la commande d'un homme, seulement l'âme des soldats s'était assombrie.

Aloys avait perdu le goût des combats ce jour précis.

Quand il regardait, dans ses mains, les pièces du paiement, il ressentait un vertige.

Les cinq se lavaient près d'un cours d'eau. Un chat sauvage traînait à distance, guettant le poisson qu'ils venaient de pêcher.

« Ma mère dit que le corps des chats appartient à Dieu, et leur tête au Diable », dit Aloys.

Bertrand sourit.

« Coupons-lui la tête, alors, et enterrons son corps. »

« S'il y a de Dieu en lui, dit Aloys, il faut laisser faire. Peut-être sa tête finira par gagner sur son corps, mais peut-être son corps finira par gagner sur sa tête. Si tu le tues, tu ne sais pas si tu fais le Bien. Moi je dis laissons faire. »

Païen coupa un morceau de poisson, le jeta en direction du petit animal.

« Ne le nourris pas, au moins, dit Bertrand. Si tu le nourris, et que tu te trompes, tu nourris le Malin. »

Païen sourit.

« Alors, le Mal est fait. »

Le chat s'approchait de la nourriture. Il regardait les soldats, méfiant.

Vorace, il attrapa la tête de poisson dans sa gueule et s'enfuit.

Païen jubilait.

« C'est le Diable, aucun doute. »

Tous riaient sauf Aloys, qui se signa dans leur dos en regardant le chat courir.

Il avait cru deviner dans ses yeux une lueur.

« Viens. »

La petite ne bougeait pas.

Diane regardait la rivière et les quelques arbres. Elle s'approcha de l'eau et commença de se laver le visage.

Fillette, d'abord timide, l'imita bientôt en prenant de l'eau dans ses mains.

À l'horizon, bordant la rivière, cinq hommes se reposaient. Trois d'entre eux s'étaient défaits de leurs cottes de maille qui reposaient sur des rochers. Leurs pieds étendus dans l'eau, ils se lavaient en silence de la suie qui recouvrait leur corps.

Diane, figée, commanda à Fillette de rester cachée. Elle marcha dans l'eau en soulevant sa robe, sans faire de bruit. Les soldats ne l'avaient pas vue et restaient concentrés sur leurs tâches : se laver, boire, reposer leurs yeux de la lumière aveuglante des flammes.

Leurs visages, durs. Leur peau, couverte de cicatrices.

Ils avaient déjà tué.

L'un d'eux s'approcha d'elles pour se laver à l'écart. Diane le voyait presque nu. Jeune, pas plus de vingt ans, des yeux bleu profond. Il n'était pas grand, mais il était fort.

Sa peau marquée.

Diane regardait son visage.

Aloys ne pouvait pas les voir. Il ferma les yeux, goûta l'eau.

Ses cheveux blonds, ses yeux fascinaient Diane.

Il aurait pu être son frère.

Elle n'avait jamais rencontré un homme qui avait tué un autre homme.

Lui voulait prier, seulement rien ne venait. La fatigue du voyage l'empêchait de se concentrer.

Un autre soldat s'approcha. Diane à peine cachée prit peur.

« Il est temps. »

Aloys se leva pour rejoindre le groupe.

Un instant il s'arrêta, immobile, un œil dans son dos.

Diane crut qu'il avait senti leur présence, mais il finit par s'éloigner.

Bientôt les cinq étaient loin.

Diane soupira.

Elle était seule avec Fillette et le guerrier lui manquait presque.

Dans la nuit elle rêva des cinq hommes qui tuaient sa famille.

Elle se réveilla, le cœur battant dans la nuit noire. Fillette à ses côtés qui respirait par à-coups, tremblait dans son sommeil.

Diane se rendormit enfin.

Elle rêva de nouveau.

Dans ce second rêve, elle tuait les cinq hommes.

Bertrand avait la tête dans les seins d'une femme.

De ses deux mains il restait accroché aux seins de celle-ci.

Dieu veillait sur lui.

La femme avait de longs cheveux noirs, des yeux noirs, de beaux seins, un corps parfait. Son visage pourtant n'avait pas de traits précis. Il était la somme des visages de toutes les femmes qu'il avait connues.

Bertrand se perdait en elle, dans ses cheveux, il avait l'impression que ses seins faisaient partie de son corps à lui, que sa peau était la sienne. Le rêve mêlait les deux corps, il était dans la femme et elle était en lui. Il ne voulait pas se réveiller avec cette sensation d'être seul et séparé du monde.

Il avait joui, allongé sur elle. Elle ne disait rien et lui caressait les cheveux. Le linge du lit venait d'être lavé.

Bertrand souriait dans son sommeil.

Un coup de pied dans la hanche le sortit de la vision splendide.

« Tu étais où ? » dit Aloys.

Bertrand ne sut quoi répondre.

Il cherchait la femme autour de lui mais ne vit que des guerriers en armes.

Bertrand ne se souvenait pas de la femme rêvée.

Il savait qu'il avait parlé avec elle. Il croyait se souvenir de son odeur et reniflait l'air, la rosée, l'herbe humide pour la faire revivre. Grâce à elle, aujourd'hui, l'odeur du monde lui plaisait. Il n'était pas comme Aloys, rongé par le doute. Il prenait chaque jour comme un jour nouveau. Bientôt, ils allaient mourir en affrontant la Bête, aussi en attendant il profitait de chaque instant.

Les autres marchaient devant, des cernes sous les yeux, des marques de brûlure, la peau sèche.

Lui revivait son rêve.

Si des femmes comme celle-ci existaient

dans la réalité autant que dans les rêves, le monde valait qu'on se batte pour lui.

« Tu rêves que tu es encore avec elle ? »

Aloys marchait à ses côtés.

Bertrand approuvait.

Il se sentait prêt à tout affronter. La colère était un péché, pas le bien-être et la jouissance. Il voulait gifler Aloys pour dérider son visage d'éternelle angoisse et le sortir de ses préoccupations fausses.

Les autres plus loin, voyant qu'ils n'avançaient plus, s'étaient tournés.

« Qu'est-ce qu'il a ? » dit Engelier.

Aloys, jaloux, souriait.

« Il a trouvé le Paradis. »

« Tu nous donneras la clé. »

« Jamais, dit Bertrand. Certaines choses ne méritent pas d'être souillées. »

L'enfant n'avait pas dix ans.

Son visage était sale. Il était petit pour son âge. Ses vêtements, usés. Il ne marchait pas droit, s'arrêtait souvent pour jeter des cailloux par terre, sur les arbres, dans l'eau quand il s'approchait d'une rivière ou d'une flaque, sur les chiens, les chats sauvages et les oiseaux.

Il jetait des cailloux sur les hommes qui s'approchaient.

Il n'avait pas changé de vêtements depuis des mois.

Il ne se souvenait pas du visage de ses parents.

Personne ne savait son existence. Pas un seul homme à cet instant ne pensait à lui. Seul au monde il se moquait du monde. Il n'y avait pas d'amour pour lui, en aucun lieu sur terre.

Dieu seul le regardait.

Il n'avait pas parlé depuis des mois. Il avait oublié les mots.

Il s'arrêtait parfois de marcher, s'asseyait sur des troncs d'arbre entourés de ronces et de mousse, crevant sous le soleil.

Devant lui, une grande ombre surgit, l'avala.

L'enfant, petit, arrivait au ventre de l'ombre.

La Bête n'avait pas enlevé son heaume. Les cornes du casque la rendaient plus grande. L'enfant en paraissait diminué davantage.

Quand elle s'éloigna de l'arbre mort, la Bête laissa l'enfant brisé en deux, les yeux écarquillés qui ne marquaient la peur ni l'étonnement.

Retourné aux ronces, son corps allait disparaître à l'abandon sous la forêt qui, vivante, n'avait de cesse de pousser. Après un mois, il ne resterait rien de lui.

La Bête ne pensa plus jamais à l'enfant.

Quand les cinq hommes passèrent près

de lui, suivant le parcours de la Bête, ils ne virent pas son cadavre.

Le vent lui-même n'y prêta pas attention.

Ils se tournaient, marchaient les uns à distance des autres, scrutaient la lande, cherchaient un signe en vain.

« Disparue. »

Ils ne savaient pas qu'ils suivaient la bonne route.

Aloys doutait davantage.

La lâcheté remplaçait l'orgueil, elle en était la sœur. La lâcheté était l'homme qui hurlait « moi, moi », qui voyait sa propre survie avant celle des autres.

Comment pouvait-il espérer sauver le monde alors qu'il ne pensait qu'à lui ?

La fausse disparition de la Bête le rassurait presque.

Une monotonie de terre grise avait fini par remplacer les flammes.

Diane et Fillette découvraient des étendues vallonnées, enfin d'autres rivières. À cause de Fillette, elles devaient faire de longues pauses.

Diane avait toujours été curieuse des choses.

Son père et sa mère parlaient souvent de cet ailleurs. Ils avaient témoigné de collines hautes, d'animaux de toutes sortes, d'autres langages, de lacs six fois plus grands que le sien.

Ces mondes fantasmés existaient donc, elle s'en faisait le témoin.

La sensation d'infini la faisait planer.

Deux chemins différents s'offraient à eux.

« Quelle direction ? » demanda Engelier.

Bertrand restait silencieux.

Il regardait les deux routes et se baissa, fouilla le sol aride, la route humaine en bordure des champs. Il trouva une pierre et la tint dans sa main.

« Je vais fermer les yeux, jeter cette pierre le plus loin que je peux. Je vais tourner plusieurs fois sur moi-même pour ne plus savoir où je suis ni où je regarde, et je vais la jeter. Quand la pierre tombera, elle tombera entre les deux chemins, et sera plus proche d'un chemin que de l'autre. Alors nous irons dans la direction choisie par la pierre. »

Bertrand ferma les yeux, tourna plusieurs

fois sur lui-même jusqu'à perdre la direction, s'arrêta pris d'un vertige, jeta la pierre les yeux toujours fermés.

Le temps était suspendu pour chacun des cinq hommes.

Un bruit mat.

Bertrand rouvrit les yeux.

La pierre était retombée plus loin, à distance équivalente des deux chemins de terre.

Ils avaient trouvé refuge pour la nuit dans une église en ruine. Les murs étaient couverts de végétation, la toiture effondrée.

À l'intérieur, il n'y avait plus de croix.

Des pierres que l'effondrement de la structure du toit avait fait chavirer cachaient un gisant. La dalle funéraire était fendue. L'herbe envahissait son dessin.

Bertrand seul restait éveillé.

Il regardait son bouclier posé sur le sol. Il avait traîné le lourd objet pendant des lieues, senti son poids en marchant.

« Ce qui me protège m'encombre. »

À ce bouclier, il devait la vie.

« Rempart », il appelait cette arme sur le bois de laquelle une croix avait été sculptée.

Il pensa à son père prêtre qu'il n'avait pas

revu depuis son enfance. Il se souvenait des offices dans l'église en pierre du village, une vingtaine de fidèles rassemblés pour écouter les discours sur l'emprise du Malin.

Pendant l'office, Bertrand regardait les rares femmes de l'église.

Ses fantasmes ne connaissaient pas de limites.

Il les faisait vivre alors que son père commentait les récoltes. Son père, un homme bon qui accablait le Diable, un homme dur qui savait rassurer les villageois. Le Mal ne venait pas d'eux mais d'un monstre terrible, en lutte éternelle avec Dieu.

Bertrand avait grandi avec cette notion simple des choses.

Les années de combats avaient changé sa vision. Il ne voyait plus le Mal seulement chez l'ennemi, mais en lui-même. Il le voyait dans chaque coup donné et dans chaque coup reçu. Tous les soldats se ressemblaient. Ils avaient le même visage, les mêmes cœurs d'hommes.

Pour Bertrand, les hommes souffraient de leur fait et parce qu'ils avaient mal agi, dans leur vie présente ou antérieure.

Il voyait le Mal dans la terre noire qu'il

foulait chaque jour, en lui quand il avait des pensées de haine, dans la maladie, les blessures et la colère.

Le Mal était la frustration, la pauvreté, la faim.

Bertrand pensait aux morts sur la route, à la terreur sur le visage des paysans.

Il ferma les yeux.

« La nature se moque bien de notre présence. »

Il murmura « Jésus » et ne dit plus rien d'autre.

Dans les ruines, ils rêvaient en commun.

Des corps nus les attaquaient, des corps de femmes indistincts, l'arme tendue, le visage aux traits élimés comme celui de la sculpture du gisant. Les corps nus de ces femmes les excitaient. Ils avaient peur d'elles et de leurs épées. Leurs seins se multipliaient sur les corps noués entre eux que fabriquait le cauchemar. Les visions se mélangeaient. À mesure les femmes du rêve fusionnaient en un seul corps. Leurs dix bras devenaient deux bras, et leurs seins une seule poitrine, enfin les visages mêlés devenaient un seul visage, celui de la Bête dont ils n'avaient pourtant jamais vu la figure.

Dans ce tas de succubes confondus, elle apparut clairement.

Les quatre tremblaient, parlaient dans leur sommeil.

Ils rêvaient de la Mort, seins nus.

Le rêve dura longtemps. Ils tremblaient car la nuit était froide.

Réveillés avant l'aube, excités, lourds, troublés, ils se souvenaient avoir rêvé de la Bête, de son casque cornu surmontant un corps de rêve. Son vrai visage dans leur vision s'était invité, mais au réveil ils ne se souvenaient plus de ses traits.

Le soleil, à l'horizon, formait une ligne orange. Les murs ruinés de l'église recevaient un halo de la même couleur.

Bertrand voulait fuir les ruines sales, se défaire du rêve affreux qui avait remplacé le sien.

Les autres, endormis, le regardaient préparer ses affaires à la hâte.

« Nous trouverons à manger sur la route », dit-il en s'éloignant déjà.

Ils avaient chassé des bêtes et mangé à leur faim.

Ils avaient dormi près de Dieu, et Dieu le leur avait rendu.

S'il ne leur montrait pas le chemin, au moins les nourrissait-il.

Aloys en voulait à Dieu de ne pas répondre et de ne pas les guider, autant qu'il s'en voulait de lui faire des reproches. Il se replaçait toujours, malgré lui, au centre de tout.

Orgueil encore !

Se haïr d'échouer, orgueil ! S'être rêvé un héros de Dieu à détruire le Mal, orgueil ! Croire que sa personne vaut mieux qu'une autre, se placer au centre du monde, orgueil !

De honte, il se gifla.

Au moins les nourrissait-il.

Au cœur d'un croisement, deux bâtons rongés par une mousse humide formaient une croix, reliés par une poignée de clous et quelque corde ajoutée. La croix était enfoncée, mal, dans un tas de pierres. Trois jours de brouillard et de rosée avaient rendu le sol humide.

Fillette approcha. Elle tendit la main, que Diane agrippa sans se tourner.

Tout autour, des plaines vallonnées.

Face à elles, il n'y avait que cette croix, à deux doigts de se fendre et de tomber, le bois marqué, rongé de l'intérieur.

Des champignons s'y formaient.

Diane refusa de s'agenouiller et resta immobile face à la croix. Elle paraissait grande, maigre, la peau très blanche. Ses longs cheveux blonds, fatigués par les cendres, tombaient rêches sur ses épaules.

Amaigrie, faible et affamée, Diane avait gardé des traces de brûlures.

Elle restait la plus belle des femmes.

Diane veilla une heure près du calvaire.

Un vent se leva, qui ramenait le froid.

La jeune femme continuait de regarder le bois ligoté, penché sur la pierre. Elle avait besoin cette fois d'être seule et oubliait Fillette.

Elle se souvenait de son père et de sa mère.

Chaque jour elle les avait vus fermer les yeux, joindre leurs mains, réciter les paroles ou faire le silence. Elle s'amusait enfant à capter leur regard. Son père ouvrait parfois les yeux par accident, alors elle plongeait dans ces yeux et ce dernier lui faisait un sourire.

Face au calvaire, elle répétait ces gestes-là.

À genoux dans le froid, des cailloux

lui rentraient dans la peau. Elle avait tant souffert ces derniers jours qu'elle ne sentait presque rien. Elle restait genoux serrés, tête baissée, les deux mains jointes.

Enfin soumise, elle trouva le calme et le repos.

La petite l'imitait. Comme Diane, elle avait joint ses deux mains et reposait sur le sol à genoux, le visage calme et les yeux fermés.

Fillette sentit que Diane se levait. Elle ouvrit les yeux. Diane lui sourit comme son père lui avait souri pendant toutes ces années.

Elle lui caressa le visage.

Un instant, elle vit, en lieu de croix, le Christ souffrant.

Prise d'un frisson, Diane se leva.

« Il faut partir », dit-elle.

Une forme blanche et pâle la regardait.

Diane crut voir deux yeux brillants. La nuit tomba pour de vrai et la forme disparut. Diane pouvait, malgré tout, sentir son regard.

Elle ne voyait plus rien. La route n'avait plus de bord.

Fillette lui tenait la main. Diane la distinguait à peine des ténèbres.

Elle voulait parler, mais dans sa bouche les mots mouraient. Comme une enfant, elle craignait la forme cachée, cette forme blanche aux yeux rouges.

Diane serra plus fort la main de Fillette.

« Qui est là ? »

Elle parlait faiblement.

La chose se rapprochait. Elle semblait

parler. Diane confondait les mots dits avec le souffle du vent. Elle n'osait se retourner, continuait de marcher en tirant la main de la petite.

« Marche », dit une voix chuchotant.

Diane, pétrifiée, se tourna.

« Qui est là ? Qui est là ? »

Le silence suivit. Des cris lointains se rapprochaient aussi.

Elle croyait entendre des loups.

Diane ne tenait plus la main de Fillette. Un instant, elle l'avait oubliée, tâtait désormais la nuit noire de ses mains.

Un frisson la parcourut.

Diane hurla le nom de la petite fille.

Entourée par les ténèbres elle s'arrêta net, prise d'un vertige.

Une forme venait de la traverser, quelque chose, comme un vent humain, elle ne savait que croire. Elle pensait à la forme aux yeux rouges, à cette présence qui parlait dans son dos et qui avait passé dans sa chair et à travers ses yeux.

« Fillette !!! »

Elle hurlait mal, sa voix faible, brisée. Le vent créait d'autres voix qui semblaient la poursuivre. Les loups allaient et venaient dans son imagination. Elle espérait qu'ils n'existent pas.

« Marche. »

Le froid et la peur.

« Marche », encore, « marche », disaient les voix.

Diane ne savait pas si les voix voulaient la perdre ou la guider. Elle se demandait qui, et pourquoi elle. Elle avait entendu parler des sorcières, de leurs pouvoirs, de rites cachés au cœur des forêts, dits dans des langues perdues, les sortilèges de gens hideux à jamais cachés de Dieu.

« Fillette ! »

« Marche. »

« Marche, marche. »

Diane reliait ces voix, qui devenaient un chœur, au souvenir de la forme blanche et de ses yeux brillants qui l'avait traversée. Des loups. Leurs hurlements perdus avec le vent violent.

Elle imaginait la petite abandonnée, morte de froid, dévorée par les bêtes.

Un nouveau frisson la parcourut. Quelque chose, encore, une forme, la traversa. Mais quoi ? Un vent glacé, une âme en peine ?

Harcelée dans la nuit, elle tenait la preuve des maléfices. Diane tremblait tant que ses dents claquaient. Elle pensait à la petite, l'appelait sans crier.

« Fillette ! »

« Marche », pour seule réponse.

Minuit passé depuis longtemps, les arbres se confondaient avec l'air. Tout était noir, noir, ténèbres. Le sol non plus visible, Diane hésitait à poser ses pieds, oubliait qu'elle ne lévitait pas.

Elle croyait que ses jambes allaient disparaître dans une boue qui était le ciel.

Le vent soufflait plus fort et elle ne voyait plus ses mains.

Elle ne voyait plus rien.

« Marche. »

La forme inconnue venait, à nouveau, de la traverser.

Elle ne pouvait plus douter, un esprit la suivait qui empruntait les hurlements de loups pour la terrifier davantage. Un esprit qui se servait du vent. Diane gardait les yeux fermés, refusait de les ouvrir.

Elle ne voulait plus voir.

Quelque chose ou quelqu'un veillait là, tout près d'elle.

Terrifiée, elle priait pour le retour du soleil.

Elle murmurait, les yeux fermés, la bouche tremblante. Elle avait l'air d'une folle.

Là, si proche. Une présence.

La forme restait en suspension à deux mètres d'elle. Diane ne pouvait presque pas la voir, mais elle pouvait la sentir. Une forme blanche, à peine visible, de la fumée en suspension, un être qui lévite.

Diane ne devinait pas ses intentions.

La silhouette inhumaine, froide, lévitait autour d'elle comme une brume.

Seule dans la nuit, Diane priait pour Fillette.

Elle priait pour le repos de l'âme de son père, pour le repos de l'âme de sa mère, pour le repos de l'âme de son frère.

Elle priait pour le repos de son âme.

Elle pria une longue heure en tremblant, les yeux fermés, bras croisés et mains sur les épaules. Diane demandait la paix. Elle priait pour la douceur.

Après une éternité, la lumière vint réchauffer son visage.

Une sensation légère, enfin, le calme retrouvé.

Elle n'entendait plus les voix, ne sentait plus l'horrible présence.

Une petite main s'accrocha à elle, l'agrippa fort.

Diane la serra de toutes ses forces.

Quand elle ouvrit les yeux elle vit le soleil qui venait de percer dans la couche de ténèbres. La lumière rouge recouvrait le visage de Fillette qui pour la première fois souriait.

Le jour, exorciste, se levait enfin.

Apaisée, elle souriait face à la lumière nouvelle, son amie.

Fillette était son talisman.

Il suffisait de marcher à ses côtés sans rien attendre des choses, laisser faire et recevoir.

Les cinq étaient rassemblés autour d'un feu que le souffle du vent dérangeait sans cesse.

Aloys regardait ses compagnons et voyait des étrangers. Même Bertrand, qui regardait dans le vide, lui paraissait un autre. Les flammes bougeaient, elles éclairaient les visages et les regards épuisés.

À mesure du voyage, tout devenait plus étrange.

Aloys perdait le sens des réalités. Un craquement lui fit lever la tête.

Un cavalier avançait vers le feu, le visage maigre, des habits noirs, usés. L'homme restait à distance. Il n'était pas menaçant. Son visage et son corps disparaissaient dans la nuit.

« Que veux-tu ? dit Païen. Tu cherches ta route ? »

Les cinq gardaient chacun leur arme à portée de main.

Le cavalier restait silencieux.

Aloys admirait sa posture. Il admirait sa grandeur.

Bertrand, tout éclairé par les flammes, avança.

« Est-ce que tu as vu un homme ? Un géant ? Son armure doit être abîmée. Un heaume ainsi fait, avec des cornes. Dans sa main, un grand marteau. Il aura laissé derrière lui des cadavres, ou brûlé des maisons. »

L'homme approuva.

Les autres serraient leurs armes, Aloys baissait sa garde.

Il aimait l'autorité naturelle du cavalier.

En réponse à la demande de Bertrand, le cavalier murmura quelques paroles avalées par le vent. De son bras, il indiqua une direction opposée à la sienne.

Le vent, suivant la direction indiquée, fit plier le feu et le transforma en flèche.

Il montrait les landes infinies.

Aloys crut voir les yeux du cavalier briller dans la nuit à cause du feu.

Le cavalier, sans doute, le fixait.

Bientôt, il commanda à son cheval de partir en tirant sur les rênes.

La bête allait au pas et semblait se traîner.

Les cinq observaient la monture et le maître en partance.

Aloys ne croyait pas ce qu'il voyait.

Il devait dormir, encore, il n'était pas réveillé.

Le cheval n'avait que trois pattes. Il avançait pourtant sans boiter comme s'il s'appuyait sur une quatrième, manquante.

Ainsi, il volait presque.

Dans la nuit, Aloys doutait. La magie avait lieu sous ses yeux, mais il n'y croyait pas. Il préférait garder la possibilité du rêve.

Le cavalier continuait sa route sans se retourner. Il volait toujours à moitié, appuyé sur le cheval difforme qui râlait, l'œil mort.

Aloys, hypnotisé, les regardait disparaître. Il demanda à Dieu comment un cheval ainsi mutilé pouvait supporter le poids d'un homme et ne pas fléchir. Il pensa que la bête n'en était pas une.

Les sabots du cheval avaient laissé des traces sur le sol.

Aloys se pencha, toucha le sol foulé, sentit une brûlure au bout de ses doigts.

Les traces fumaient légèrement.

Aloys trembla dans la pénombre.

Le feu, penché par le vent, continuait d'indiquer le chemin.

« Maléfice », il pensa, mais les autres regardaient ailleurs.

Ils n'étaient pas comme lui.

Aloys se perdait loin, il dérivait.

Bertrand, enfin, brisa le silence.

« En route », dit-il, avant de disperser les bûches du feu de sa botte que les cendres avaient noircie.

Une odeur de soufre les suivait depuis qu'ils avaient croisé le cavalier et sa monture boiteuse.

Païen s'en plaignait. Il croyait avoir imaginé la puanteur, seulement ses compagnons disaient la sentir aussi.

Les paysages, visions, beautés et cauchemars se succédaient. L'étrange odeur accompagnait chacun d'entre eux. Les étangs traversés sentaient la mort, et les cinq avaient chaud.

Des lignées claires d'arbres suivaient les plaines, il fallait monter, descendre, espérer des villages, enfoncer les pieds dans les sols mous, marécageux, aller de surprise en surprise sans jamais trouver de route solide.

L'homme leur avait indiqué un chemin de boue, plein de cailloux, une terre morte.

Ils marchaient.

À mesure, la sale odeur s'éloignait. Ce qu'ils voyaient, en face, c'était le soleil au bout des plaines, et vers lequel ils tendaient.

Ils suivaient ce chemin qu'ils espéraient être le bon.

Elle ne se souvenait jamais de ses rêves.

La Bête y mélangeait les expériences vécues à son imagination, confondait le tout au réveil.

Le jour, elle ne pensait à rien. La nuit, son esprit fabriquait des univers.

Dans son voyage elle ne faisait pas de pause, tuait d'un seul coup les animaux croisés sur sa route, arrachait les fruits des arbres, mangeait en marchant.

Elle ne différenciait pas les couleurs.

Elle ouvrait un chemin que les cinq hommes suivaient sans certitude.

Elle ne savait pas qu'ils étaient derrière elle.

Elle avait combattu des mois à leur côté, mais ne les avait jamais remarqués.

Indifférente au monde et à ses poursuivants, la Bête marchait au hasard, en biais.

Son épopée, depuis le ciel, formait des cornes dans la poussière du sol.

Le soleil se levait juste.

Aloys ouvrit les yeux avant les autres. Il respirait fort.

L'odeur de soufre qui les avait suivis depuis la rencontre du cavalier avait enfin disparu. L'odeur de la forêt, de la rosée du matin sur la mousse, l'odeur d'écorce, des racines d'arbre et des herbes l'avaient remplacée.

Il sentait ce bonheur naturel.

Aloys prit un peu de terre dans sa main.

Il la pesa, la sentit.

La terre le confortait. Il aimait cette sensation de tenir la terre noire dans ses mains. Il venait de là, en elle il était né, cette terre pauvre sur laquelle rien ne pousse jamais.

Il l'aimait de tout son cœur.

Il avait l'impression d'être vivant, ainsi, en contact avec le sol.

Il leva les yeux vers le soleil blanc, et le ciel brûlé par sa lumière.

« Je veux baiser des seins frais. »

« Moi, je rêve de viande. »

« Tu rêves petit. »

« J'ai des souvenirs de repas qui valent toutes les femmes. »

« Et moi j'ai des souvenirs des deux qui se valent. »

Ils avaient entendu les hommes avant de les voir. Des cris étouffés de femme.

Bertrand, enragé, savait ce qui les attendait. Godon s'arrêta, mit son doigt sur la bouche et passa devant lui. L'Anglais s'était approché des bruits son arc à la main, une flèche enclenchée.

Il sentait le danger. Engelier, Aloys et Bertrand suivaient. Païen gardait ses distances.

Ils entendaient des bruits de pas, d'armes, des murmures dans la langue ennemie.

Après un monticule de terre, les quatre trouvèrent Godon allongé, caché. Ils pouvaient voir leurs nouveaux ennemis, appuyés contre un arbre mort que la foudre avait dû déterrer.

La femme avait les dents plantées sur des cailloux. Elle avalait la terre noire, y étouffait, toussait. Un géant la sodomisait en poussant des râles. Il donnait l'impression de vouloir enfoncer le corps de la femme dans le sol. Ses yeux à elle, de terreur, s'ouvraient plus grands. Ses bras étaient ligotés dans son dos par des cordes qui lui sciaient la peau.

Elle saignait.

Bertrand voulait couper le monstre en deux.

Aloys sentit gagner la colère.

Héros ! Il voulait courir lui aussi, courir pour tuer le Mal. Les compagnons du géant ivre attendaient leur tour ou mangeaient sans regarder la chose.

Godon tira trois flèches dans le corps du géant : deux dans son torse, une entre ses deux yeux – un tir parfait. L'homme s'effondra sans un mot, le sexe tendu vers le ciel.

Bertrand se leva ensuite. Les autres, à sa suite, se lancèrent en silence, dévalant la petite colline qui surmontait les ordures d'hommes ivres.

Bertrand pour se venger de n'avoir tué

le géant planta son épée dans le cou d'un autre et lui trancha la tête à moitié. Il retira son épée du cou de l'homme. Le sang gicla sur son visage.

Déjà, ses quatre compagnons finissaient d'achever les corps des assassins. Le vin les avait rendus aussi faibles que des enfants.

La femme, elle, avait profité du combat pour fuir. Godon fonça après elle.

Aloys craignait l'après-vie.
Il doutait de la mission.
Il pensait à la femme sauvée, priait pour que Godon la retrouve et la soigne.
Une femme sauvée, cela valait mieux que de tuer mille fois la Bête.
Il se demandait si cela pouvait suffire.
Il pensait que cela pouvait suffire.
Il nourrissait un espoir.

La femme courait les pieds meurtris au sol sur les cailloux.

Ses yeux grands ouverts elle saignait, des restes de terre noire lui encombraient l'œil et la bouche. Elle courait à l'aveugle, son corps de chair ligotée saignait, elle était presque nue, respirait mal, de la morve lui coulait du nez.

La peur avait détruit toutes ses idées. Elle ne savait plus son nom et valait moins qu'une bête.

La femme trébucha, déséquilibrée par les liens, tomba, s'écorcha les genoux, les hanches, puis, haletante, elle releva la tête.

Une quarantaine d'hommes armés la regardaient, grands. Leurs armes, leurs armures scintillaient.

Ils ne parlaient pas.

Un dominait le groupe.

La femme ne savait pas s'ils étaient des anges ou d'autres bourreaux.

Derrière elle arrivait Godon en courant.

Paralysé par la vue de cette armée de quarante, il s'arrêta. Il les voyait casqués, arcs, haches, épées courtes et boucliers dans les mains.

Les hommes qui entouraient la jeune femme avaient vu courir l'Anglais derrière elle.

« Archers », fit le chef.

Godon eut simplement le temps de hurler « non ! » avec son accent trompeur.

Il voulut esquiver les flèches, en vain.

Les hommes qui le tuèrent n'étaient pas aussi bons tireurs que lui, mais ils étaient plus de dix rassemblés.

Godon ne reparaissait pas.

Ils avaient attendu longtemps et leur ami ne revenait pas.

« Ami, Aloys pensa. Ami. »

Le mot s'imposait. Aloys n'avait presque rien échangé avec l'Anglais, d'abord il ne parlait pas sa langue, simplement de marcher à ses côtés il avait fini par s'habituer à sa présence et à ce regard sûr.

Aloys se découvrait de l'affection pour son ennemi passé.

Engelier, Bertrand et Païen l'appelaient en criant.

« Godon » faisait écho dans les réseaux de collines.

Bertrand avait montré la direction prise par leur ami d'un coup de menton.

Aloys, Engelier et Païen avaient suivi. Ils marchaient méfiants. Aloys pensait à de mauvais présages, des signes qui lui commandaient de fuir. Il craignait que tout aille plus mal.

« Godon, il se répétait, Godon *mon ami* », n'avait pas pu sauver la femme.

Des voix de plus en plus proches.

Bertrand fit un signe d'arrêt, marcha seul devant.

Aloys se tourna et vit le groupe. Plusieurs archers les visaient, sur les côtés, suivis de sifflements.

Un groupe, des guerriers comme eux.

Les quatre échangeaient des regards contre plusieurs dizaines d'hommes.

« Là ! »

D'autres soldats arrivaient, menés par un plus grand que le reste, en tout plus de quarante guerriers rassemblés.

Bertrand et le chef se faisaient face. Les autres guettaient derrière.

« Combien d'autres ? » fit le chef.

« Nous étions cinq. »

Le chef comptait quatre hommes. Dix archers le protégeaient. Les quelque trente de reste gardaient la femme qui gémissait.

Aloys la regardait.

« Où est le cinquième ? »

« Avez-vous vu un soldat anglais, un archer ? »

Les soldats d'en face échangeaient des regards.

« Ils l'ont tué, pensa Aloys. Ils l'ont tué. »

Le chef pointa le nord.

« Plus loin sur la route. »

Aloys avança. Son estomac se crispait. Le chef restait droit.

« Cet homme, l'Anglais, qu'était-il pour vous ? »

« Un ami. »

Aloys répéta le mot en le murmurant pour lui-même. Il voulait lui donner de la force.

Ami, ami.

« Que faites-vous dans la région ? »

« Nous traquons un homme. »

« À part votre ami, qui est mort, nous n'avons croisé personne à des lieues. Au moins, pas dans cette direction. »

Un long silence suivit, une gêne. Les quarante ne cillaient pas.

Ainsi, Godon était mort.

« Plus que quatre pour la tuer », Aloys pensa.

Il regardait les quarante.

Deux hommes tenaient la femme violée, toujours attachée. Elle pleurait. Un des hommes lui enfonça un tissu dans la bouche.

Elle commença de suffoquer.

Le chef s'avança.

Ses hommes restaient en arrière.

« Nous avons tué votre ami parce que nous tuons tous les Anglais que nous trouvons sur la route. Quand il a surgi avec cette femme, nous l'avons pris pour le soldat d'une troupe ennemie qui sévit dans la région. »

« Six hommes ? »

« Oui. »

« Ils sont morts, là-bas. »

Un silence suivit.

« Grâce à l'ami que vous avez tué », ajouta Bertrand.

Le chef les regardait.

« J'en suis désolé. Acceptez l'erreur, qui n'est pas une folie en ces temps de folie. »

Le chef regardait Païen, Bertrand, Aloys, Engelier.

Il leur laissa un peu de temps avant de parler de nouveau.

« Nous avons besoin de soldats. Vous avez l'habitude des guerres et vous semblez ne pas avoir de mission sérieuse. Et moi, je peux vous en offrir une. »

Aloys ne quittait plus du regard la femme à genoux.

Il voyait dans ses yeux la terreur.

Il regardait le chef tout plein de haine en lui, tout plein de colère noire.

« Ennemi, il pensa. Ennemi. »

« Le monde change. Nous avons ouï dire de révoltes. Des dizaines de villages brûlés, détruits jusqu'au dernier caillou. La moitié de la population dans les villes, emportée. Beaucoup de violences à Paris, et en dehors de Paris, sur toutes les routes, vous le savez, vous l'avez vu, vous y avez participé. Des marchands résistent aux rois, aux lois et aux chartes. Je n'ai pas de camp. Nous n'avons pas de camp. Je vois la décadence, l'effondrement des sociétés. J'ai trouvé un travail qui n'est pas le meilleur travail, mais je suis payé. Mes hommes sont payés. Nous n'avons pas de maître. »

Le chef jeta aux pieds des quatre hommes une bourse.

Les siens ne bougeaient pas, ils écoutaient.

Certains d'entre eux, las, s'agenouillaient, ils semblaient des statues.

La femme était toujours à leurs pieds, tête baissée.

Aloys ne voyait qu'elle.

« Paris est en ruine à cause du feu qui est partout. On dit que des loups dévorent les hommes dans les rues de la ville. Dans le reste du pays, les paysans rassemblés tuent les sujets du roi, violent leurs femmes et, massacrant leurs enfants, défont les descendances. Les pouvoirs sont renversés. Le brigand d'hier est un roi, le roi un mendiant. »

« Où allez-vous ? » dit Païen.

« Rejoindre les grands groupes de soldats que les seigneurs ont abandonnés depuis le dernier traité de paix. »

« Quel traité ? »

« Vous ne savez pas ? C'est la trêve. »

Les quatre découvraient l'absurde. Ils se regardaient, surpris.

Aloys observait la muraille des quarante hommes qui les entourait eux quatre et la femme. Certains contemplaient la femme attachée, nue, ils pensaient au sexe, à l'argent.

Ils avaient faim.

Aloys voulait la sauver. Il voulait être son héros, le nouveau Godon, Français ennemi des siens, allié à l'Anglais maudit.

« Si c'est la trêve, pourquoi tuer ? »

« Pas tuer n'importe qui. Des Anglais, des mercenaires qui hantent un pays qui n'est pas le leur. Des rats, des pilleurs. »

« Et notre ami ? »

« Une erreur, je vous l'ai dit. »

« Des trêves, ils en signent chaque année. »

« Il faut sentir et voir ce qui arrive. Ces nouveaux groupes sont la norme. Le pouvoir n'est plus dans les mains des seigneurs et des rois, il est dans les mains des bandes. Je veux me mélanger à elles. On dit qu'elles se rassemblent par milliers et traversent les terres. Elles sont puissantes et font trembler les seigneurs qui doivent leur baiser les pieds. Leurs précieux remparts ne valent rien face à nos armées. Leurs ponts-levis sont comme du pain. Il n'y a plus de loi, il n'y a plus de barons. Les Anglais ont quitté le pays, mais ils l'ont laissé sans chef. Il n'y a plus un chef, il y en a mille, un millier de régions. »

« Pour aujourd'hui, dit Bertrand. Bientôt, un seul roi de nouveau. Le monde ne changera jamais. »

Engelier regardait le chef. Il haïssait ce rat, profiteur des carnages.

Aloys n'écoutait plus.

Il regardait la femme nue, les quarante.

Il rêvait de leur mort. Lui seul, de sa main armée, allait les punir.

Un le fixait. Plus jeune que les autres, il regardait, envieux, l'épée d'Aloys.

Aloys pensait : Il sera le premier à mourir.

Le chef continuait de parler.

« Si les seigneurs refusent de payer, nous brûlerons leurs châteaux. Imaginez la beauté du monde qui change. »

« Tu parles de beauté alors que tu viens de tuer. »

« Vous êtes quatre. Nous sommes quarante. Bientôt deux cents, mille et davantage. Nous avons tué un des vôtres, et vous n'avez rien pu faire. Un accident, je le regrette, mais les choses sont ainsi. Ceux qui cherchent la paix meurent autant que ceux qui cherchent la guerre. Un seigneur nous a dit qu'il y avait trop d'ennemis encore sur la route, que le pays était sale. Peut-être que le pays est sale. Il nous a demandé de purifier les routes. Il nous paie. Demain son ennemi paiera alors nous nous retournerons contre lui. Nous n'avons plus besoin des seigneurs mais les seigneurs ont besoin de nous. Époque bénie des Dieux où les rats deviennent puissants ! Ils disent qu'il faut renforcer nos langues qui disparaissent dans la leur. Ils disent que notre pays est en train de tomber, que notre roi qui est leur prisonnier est faible. Peut-être. J'accepte de nettoyer le pays, de faire la révolte ou de la détruire, si l'on me paie, tant que l'on me paie. J'ai tué votre ami par accident. Ma conscience n'est pas touchée. Dieu a guidé ma main. Mon Dieu à moi, voilà qui importe, voilà celui que j'écoute, pas celui des autres, pas le vôtre. Le mien m'a aidé à tuer, il m'a protégé, il a protégé mes hommes. Je ne regrette pas mes actions, je ne suis pas un lâche. Vous êtes quatre. L'isolement vous tuera. Je vous le dis, je cherche des hommes, rejoignez-nous. »

« Tu dis moi, moi, moi. Tu es entouré de tes hommes. Es-tu comme les seigneurs que tu prétends détester ? »

Bertrand voulait rallier les quarante à sa cause, mais ils n'écoutaient pas. Ils se moquaient de ces querelles.

On les payait. Ils pensaient au soleil qui leur brûlait la peau.

Le tissu enfoncé dans sa bouche faisait suffoquer la femme. Le chef continuait de parler.

Aloys enrageait davantage.

Comment pouvaient-ils être si indifférents aux souffrances de cette femme ?

« Tu me juges parce que j'ai tué votre ami, non parce que je n'ai pas de morale. J'ai une morale. Je suis le chef de ces hommes, je suis leur frère, je suis leur père. »

Il les montrait de la main.

Les quarante regardaient ailleurs. Ils avaient chaud.

Bertrand continuait.

« Je ne veux pas rejoindre un homme qui a tué un ami. Je ne peux pas te pardonner, et je ne le veux pas. »

« Tu parles sincèrement et le sang a coulé pour rien. Je ne sais pas ce que vous faites dans cette région à courir sans direction. Vous dites chercher quelqu'un mais autour de vous, il n'y a que des arbres. Je dis cela comme je vous vois faibles, maigres et presque malades, je ne sais pas pourquoi mais je sais que chacun se porte mieux quand il laisse libres les autres. Je vous ai proposé de gagner votre pain de mon côté, et vous le refusez. Vous êtes libres de le refuser, alors je vous propose d'en rester là. »

Bertrand le regardait tout plein de colère.

Le chef le montra du doigt.

« Tu ne m'aimes pas, et je ne t'aime pas non plus. Je me suis excusé et c'est quelque chose que je ne fais pas facilement. Tu n'as pas voulu de mes excuses, mais je ne te le ferai pas payer. Je ne tue pas les gens pour rien. Je ne suis pas celui que tu crois. »

Il se tourna vers Aloys, Engelier, Païen.

Aloys ne le regardait pas.

Il regardait la femme qui continuait de tousser à cause du bâillon.

« Vous, en revanche, pouvez le laisser et nous rejoindre. »

Aloys n'arrivait pas à réfléchir. Il voyait la femme, les yeux pleins de terreur.

Un soldat la touchait de sa botte. Il la tâtait du pied comme on aurait fait avec un chien. En regardant le soldat les yeux grands ouverts elle cherchait en vain la pitié.

Aloys se mordait les lèvres. Godon avait échoué, échoué à la sauver, mais il avait essayé. Eux restaient passifs. Ils l'avaient abandonnée aux quarante. Ce faisant, ils trahissaient Godon.

Ils trahissaient leur ami.

Aloys s'avança face au chef.

« Et elle ? »

Le chef se tourna, la regarda comme il eût regardé un caillou.

« Un trésor de guerre. »

Le chef soutenait le regard d'Aloys qui forçait un regard de haine.

Ils continuaient leur petit jeu d'hommes.

Le chef comprit.

« Ainsi, vous ne nous joindrez pas. »

L'homme approuva, puis donna à son armée le signal du départ.

Aloys éleva la voix.

« Et si elle est la fille d'un de tes seigneurs ? Que feras-tu s'il décide de se venger ? »

« Qui voudrait encore de cela ? » dit le chef en la regardant, avant de faire signe à ses hommes de le suivre.

La femme ne ressemblait plus à une femme. Ils la traînaient comme un gibier.

Aloys croyait devenir fou.

Son tourment était le sien. Il voulait la sauver.

Il ne pouvait la sauver.

S'il bougeait, il mourrait criblé de flèches

avant même d'avoir pu lever son arme trop lourde.

Aloys ne voulait pas mourir pour rien.

Il voulait mourir en héros.

Il pensa aux quarante aussi qui s'éloignaient avec elle comme vulgaire trophée.

Un éclair le traversa. Il comprit.

Ces hommes lui ressemblaient. Lui aussi avait tué et pillé.

Qui était-il, vraiment, pour les juger ?

L'orgueil, encore. L'orgueil triomphant.

Son courage le quittait.

Il ne pensa bientôt plus qu'à leur échec, et à la mort inutile de Godon. Il n'aurait jamais cru qu'un ennemi juré, un archer né de l'autre côté de la mer, puisse un jour lui manquer.

Aloys le jalousait.

Il se rêvait comme lui, un ennemi glorieux qui court sauver les femmes sans penser, au lieu de se ronger les sangs, incapable d'agir.

Ils trouvèrent le corps de Godon à quelques mètres, dépouillé par les quarante.

Sa ceinture lui avait été retirée, ses bottes aussi.

La bouche de leur ami était grande ouverte. On avait fouillé ses dents, cherché l'or ou l'argent caché.

« Il faut les retrouver, les suivre et les punir. »

Aloys délirait.

Il revenait sur ses doutes. Il voulait tuer de nouveau.

« Tu oublies la mission », dit Païen.

« La mission n'existe plus. Où est la Bête ? Toujours loin devant, peut-être derrière, qu'en savons-nous ? »

Aloys regardait le cadavre presque nu de

Godon. Il ne savait comment interpréter le présage.

Il ne savait pas si eux quatre désormais devaient arrêter leur quête, à cause de la mort de l'archer. Sans doute il s'agissait d'une épreuve.

Aloys s'était toujours persuadé qu'ils avaient besoin d'être cinq pour l'affronter.

Ou alors ils avaient besoin d'être cinq, mais pour toute la route, pour tout le chemin, pas forcément au dernier moment contre la Bête.

Aloys méditait des questions qui n'avaient pas de réponse.

Il avait à peine vingt ans et se sentait un vieillard.

Chaque bataille avait été pour lui l'expérience d'une vie complète.

Il se réveilla en sursaut.

Les autres dormaient à ses côtés en silence et sans garde.

Leur visage donnait l'impression qu'ils étaient morts, éclairés par les flammes. Il écoutait le feu crépiter.

Aloys craignait de se rendormir, tendait l'oreille, n'entendait que le feu.

Tout était calme et beau.

La vie valait mieux que les rêves. La sensation physique d'être là, de pouvoir toucher le sol sans jamais douter de lui, était plus belle que les incertitudes des nuits noires et de leurs hallucinations.

Aloys attendait le jour.

Il priait pour la clarté.

La rivière charriait des cadavres.

Autour des bosquets, des grands arbres et des herbes hautes poussées par un vent calme, un charnier glissait avec le courant, une douzaine de corps en tout.

Parmi les cadavres, Diane n'arrivait pas à distinguer les hommes des femmes. Elle ne voyait que les dos, parfois le haut du crâne. Les cheveux détachés flottaient en draguant le reste, jambes et bras enfoncés dans l'eau, certains pris dans une branche.

Des taches et des plaies apparaissaient à la surface des corps vidés de leur sang. Les blessures étaient sèches sur la peau trempée, et il en arrivait sans cesse de nouveaux.

Laissant Fillette derrière, Diane descendit jusqu'au bord de la rivière. Elle s'agrippa aux racines et branches des arbres, chercha à toucher les corps du bout des doigts tout en restant sur la berge.

Diane voulait attraper les cadavres mais n'y arrivait pas.

Bientôt elle s'enfonça dans l'eau. Le courant n'était pas fort mais elle nageait mal. Dans l'eau boueuse, elle luttait.

Diane s'aida d'une branche pour ramener un premier cadavre, un cadavre d'enfant.

Elle voyait son frère à la place du petit corps dont la chair se défaisait sous le poids de son bâton.

Diane le tira vers elle. La peau lui resta dans les mains. Des morceaux de vêtements accrochés au bâton, elle se trouvait prise de nausées.

Elle détourna le regard du cadavre qui n'avait plus d'yeux.

Diane n'avait jamais vu de noyés, de ces visages gonflés, bleus et blancs par endroits, la peau humide et tendue, le visage un sac d'eau pourri.

De surprise, elle laissa tomber le corps de l'enfant dont les cheveux s'accrochèrent aux racines de l'arbre.

Diane avait du mal à respirer. Sa main lui faisait mal.

Elle reprit son souffle, attrapa de nouveau le corps de l'enfant, le posa sur la berge avant de se tourner vers le reste des morts.

En lutte avec le courant, elle cassait d'autres bâtons pour s'aider.

En une heure elle parvint à ramener six corps.

De ses mains, aidée d'une pierre coupante, elle commença de creuser une tombe.

Fillette l'aidait à porter des petits tas de terre noire.

Chaque fois qu'elle creusait le sol de ses mains, Diane croyait que ses bras allaient se détacher d'elle. L'épuisement la prenait, et Fillette, angoissée, la regardait faiblir.

Toutes deux n'avaient pas fini la tombe de l'enfant qu'elles n'en pouvaient déjà plus.

Le soleil couchant engouffrait les reflets scintillants de l'eau avec lui. La nuit arrivait trop vite et elles ne voyaient rien.

Les corps sortis de l'eau puaient.

Diane trouva la force de finir au moins cette tombe, puis se laissa tomber au sol.

Fillette, elle, posa une pierre sur le tas

de terre qu'elle regardait avec deux grands yeux tristes.

La vie, assaillie de toutes parts, luttait pour trouver un sens.

Diane voulait dormir ici, mais les cinq autres corps sentaient trop le pourri. Résignée, honteuse et vidée de ses forces, elle ne pouvait enterrer ceux qu'elle avait pourtant arrachés dans la douleur au courant et se mit, dans un dernier effort, à les repousser en direction de la rivière.

Elle avait décidé de les rendre à l'eau.

Un bruit lointain, d'abord étouffé par les branches.

Plus proche. Des hommes à peine rentrés des champs qui parlent fort, accompagnés d'enfants.

Un monde vivant.

La Bête venait de trouver un village, pas moins de vingt maisons rassemblées en plein cœur d'une forêt, avec une auberge à l'entrée.

Elle ne distinguait pas les hommes de la nature, ne voyait qu'un tout menaçant, la vie grouillante. Les hommes, femmes et enfants étaient le village et le village était la forêt, un seul bruit, un bloc.

Elle regardait les vies ramper entre des maisons de pierre et de bois, elle entendait les mères et leurs enfants écraser les branches, le sable et les cailloux en marchant.

Chaque bruit décuplé, comme un nid d'insectes dans son oreille.

Sous son masque, ce qui lui restait de bouche grimaçait.

Elle avait mal, plissait les yeux. Il fallait que le vacarme cesse.

Un groupe d'hommes rassemblé devant l'auberge parlait fort. Maîtres des bruits, ils conduisaient la douleur qui lui serrait le crâne.

« Assez ! Assez ! »

Saturée, la Bête s'approcha d'eux le marteau à la main.

Ils se réjouissaient de trouver un village après des jours entiers d'arbres et de plaines.

Le calme du petit matin les berçait.

Les quatre guerriers souriaient, soulagés. Ils se regardaient entre eux, ne retenaient pas l'excitation de revoir des femmes, de goûter des repas chauds.

De la civilisation désirée, hélas, ils ne trouvèrent que des cendres, une fumée noire. Le bois partout brûlé, les pierres des maisons noircies, les corps de femmes mêlés à ceux de leurs enfants. Plus loin, leurs maris, leurs pères empalés sur les pieux de bois des palissades censées protéger le village de l'assaut des bêtes.

Des animaux morts.

Quelques hommes, une femme avaient

tenté de se défendre. Dans leur main une lance, un bâton. Leurs bras, leurs poignets brisés.

Aloys pensait à ces hommes, à ces familles qui ne savaient rien d'elle et l'avaient vue surgir et tuer. Il imaginait les femmes la supplier d'épargner leurs enfants, et elle qui n'entendait rien.

« Dieu. »

La Bête les devançait toujours.

Aloys avait envie de pleurer.

Il titubait à moitié, entra dans une maison qui n'avait plus de porte. Des gonds de fer pendaient.

Sous les planches de bois, le sol, infecté, avait pourri.

Partout de la fumée, et des traces de griffes.

Aloys avait de la colère en lui, une colère noire pire que l'orgueil.

« Qui gagne à la fin ? il pensa. Qui peut gagner ? »

Il détourna les yeux d'un cadavre de femme dont le regard vide semblait le juger.

Fillette cramponnée à sa chemise, Diane hésitait à s'approcher.

Elle reconnaissait les quatre hommes.

Elle ne les avait pas suivis. Le faux hasard de son chemin qui semblait une route à sens unique les avait rapprochées d'eux.

Après la rivière, elles avaient dormi. Au réveil, elles avaient marché.

Maintenant, elles trouvaient d'autres cadavres.

Avec Fillette, cachée dans la forêt, Diane attendait le départ des quatre qui entassaient les corps.

Ils faisaient un tas de fumier. L'air du village, une fumée puante.

De chaque maison, les quatre sortaient des cadavres en les traînant par les épaules avant de les jeter dans une fosse commune. Diane et Fillette n'avaient enterré qu'un seul corps, celui d'un enfant. Eux les enterraient tous. Des cadavres d'hommes, de femmes, d'enfants. Ils nettoyaient le village en entier.

Elle essayait de ne pas les haïr et de leur pardonner.

Diane rougissait. Sa lèvre tremblait, ses yeux se remplissaient de larmes. Elle voyait le massacre de ses parents et de son frère.

Elle se demandait si un lieu vierge des violences pouvait exister dans le monde, un lieu comme la maison de ses parents où elle avait connu l'amour et la paix pour quelques années au moins.

D'impuissance, elle pleurait des larmes chaudes.

Les pelles entassaient sable et terre, croix de deux branches liées d'une corde pour garnir les tombes.

Ils avaient retiré leurs armures.

Le torse nu, sale et recouvert de terre, ils suaient.

Aloys se sentait utile pour la première fois de son existence. Il ne tuait ni ne cherchait à tuer. Son orgueil continuait de le hanter. Son orgueil fier d'avoir accompli la belle chose, donner un sépulcre aux familles. Cet orgueil-là, autant, s'avérait moins hideux que l'orgueil de tuer pour se laver des massacres passés.

Restaient d'autres prétentions.

Ainsi, il voulait se venger et venger le monde.

Aloys ne savait pas qu'une jeune femme et une petite fille le regardaient pour la seconde fois, une jeune femme et une petite fille qui l'admiraient en silence et le craignaient.

Elles pensaient qu'il avait tué les gens du village.

Il en avait tué d'autres, mais pas ceux-là.

Pas ceux-là.

La jeune femme et la petite fille restaient cachées. Il ne pouvait pas les voir. Les mains dans la terre noire, il ne savait pas non plus, pas davantage que ses trois compagnons, que la Bête dormait tout près d'eux d'un sommeil lourd.

Après le massacre du village, à bout de forces elle s'était effondrée non loin, au cœur de la forêt.

Ils auraient pu l'égorger dans son sommeil, mais ne le savaient pas.

Sans effort et d'un coup de dague, ils auraient pu sauver le monde à l'instant même.

Au fond, Dieu faisait bien les choses, comme eux rêvaient d'un affrontement loyal.

Un seul massacre n'aurait pu les rassasier.

Un seul massacre n'aurait pu calmer leur faim de justice.

En lieu de sacrifice, Aloys, Bertrand, Engelier et Païen creusaient d'autres tombes, charriaient des corps frais dont la peau n'avait pas encore pourri, réfléchissant à un moyen efficace de la tuer.

Des mille idées de meurtre qui leur venaient, aucune ne paraissait suffisante ou crédible.

La Bête restait pour eux cette chose invincible, et sa mort un fantasme, un désir malsain de pureté.

Troisième partie

LE CIEL COLLÉ AU SOL

Elle ne savait rien du monde en dehors d'elle.

Des insectes rampaient à ses pieds, qui faisaient partie de son corps. Elle ne les sentait pas.

Le ciel ne la voyait pas.

Elle ouvrit les yeux. Elle n'avait pas tant dormi depuis des années, l'épuisement lui coupait les jambes. Après le dernier paysan tué du village la fatigue l'avait pliée, le sommeil engouffrée.

Tant détruire la vidait.

Grâce au repos elle allait retrouver le goût de tuer.

La Bête restait allongée à regarder le ciel qu'elle croyait tout près d'elle.

À la manière d'un enfant, sa main de ferraille levée, elle caressait les nuages.

La Bête ne faisait pas de différence entre l'air et sa peau.

Elle pensait toucher Dieu.

Allongée sur le sol elle donnait l'impression d'être morte, son corps lourd confondu avec les feuilles séchées et les racines.

Elle se leva enfin.

La Bête ne reconnaissait pas le monde, elle qui avait laissé des cadavres dans les allées entre les maisons, sur la place, à l'intérieur des bâtisses, des cadavres d'hommes, de femmes, des cadavres d'enfants.

Elle découvrait le village vidé, sans plus un cadavre.

Une odeur de terre remuée l'attira aux limites des constructions, près d'une série de tas de sable noir décorés d'une croix de bois.

L'odeur de terre retournée, fraîche, la mettait mal, et l'arrogance de ces croix lui donnait la nausée.

Elle se jeta sur elles, les arracha de ses mains. De leur ruine elle fabriqua une torche et fit claquer la pierre. Les yeux brillants, elle vit naître une étincelle sur les restes des crucifix.

La torche devint rouge.

Illuminée par le feu nouveau, la Bête s'approcha des arbres secs entourant le village, posa l'arme enflammée sur tout ce qui pouvait brûler.

Elle allait tout détruire, elle voulait tout détruire. Avec la forêt qui brûle le village maudit allait enfin disparaître, et la fumée collerait les cendres des corps et des ruines au ciel noir.

La première flamme s'élevant toucha une branche qui inspira la deuxième flamme.

La deuxième flamme, bientôt, en inspira une troisième.

Chaque brise en inspirait d'autres. Ces flammes séparées, par le vent se regroupaient et faisaient poids.

Les petits monstres de feu ainsi se multipliaient.

Suivant la chaîne diabolique, en un instant la forêt brûla tout entière.

Chaque arbre, planche, porte, maison, toit de maison, même les ruines déjà calcinées la veille, tout brûlait.

La Bête regardait le spectacle du beau monde qui redevenait sien.

Ces flammes qui dansaient derrière elle, elles étaient son manteau, son air, sa nourriture et son eau.

La chaleur les avait sorties d'un rêve étouffant.

Elles avaient dormi là, dans une des maisons du village dont la porte brûlait de nouveau.

Pour échapper au feu elles avaient dû sauter d'une fenêtre.

Dehors, tout brûlait. Diane tremblait, ne croyait pas ce qu'elle voyait.

Fillette respirait par à-coups.

La chaleur. Elles avaient soif.

Elles savaient ce qu'elles allaient revivre et ne voulaient pas le revivre.

Elles ne voulaient l'accepter. Elles ne le pouvaient pas.

Diane niait le destin.

Elles marchèrent une heure, deux qui paraissaient des années. Elles ne voyaient que des flammes, l'incendie, le brasier et la colère des arbres.

La forêt semblait avoir disparu.

Diane suppliait les cieux de lui venir en aide.

Elle ne voulait pas refaire l'effort de survivre sans respirer, les pieds brûlés, la gorge sèche, la fumée partout autour d'elle qui bouche le chemin.

Épuisée, elle ne voyait plus la petite qui pourtant lui serrait la main de toutes ses forces. Elle toussait. De voir Fillette qui peinait à respirer lui broyait le cœur.

Tout était bouché.

Le ciel avait disparu pour toujours.

« Brûlées vives, elle pensa, brûlées vives, la peau fondue. J'ai abandonné père et mère, et frère, et je vais les rejoindre. Voilà ma punition, car j'ai été lâche deux fois et je n'ai enterré que l'enfant. »

Les quatre hommes marchaient droit devant, persuadés de chasser la Bête. Ils ne savaient pas qu'elle était derrière eux. Dans un état second, ils n'avaient pas vu le grand brasier.

Le vent changea de cap, ramenant une odeur de soufre.

Un à un, les quatre alignés avaient tourné la tête.

L'outrance les figea.

Les herbes sur la plaine, vivantes, dansaient. Des fumées noires couraient. L'horizon se réveillait à la lueur du spectacle familier, pour eux, du feu triomphant.

En une demi-journée ils étaient sortis de la forêt, quand celle-ci se consumait au loin, emportant déjà une partie de la plaine avec elle.

Engelier montrait du doigt l'horizon.

« Là. »

Une silhouette avançait vers eux, se détachant des flammes.

« C'est elle. Ce ne peut être qu'elle. »

Diane pleurait. Elle pleurait.

Elle avait confondu ses larmes avec la pluie.

Les gouttes tombées une à une sur sa tête, elle ne les avait pas senties à cause de ses cheveux.

Bientôt la pluie tomba en grands sacs d'eau qui donnaient l'impression d'une explosion dans la voûte céleste.

Le ciel, tout plein de nuages noirs : une poche crevée.

Elle avait prié comme son père.

Croiser les mains, fermer les yeux, répéter les phrases apprises, les répéter sans fin. À force, le monde change. À force, l'impossible a lieu.

« Ainsi, tu peux changer les lois du monde. »

Diane pleurait de joie.

Ses larmes, transformées.

La pluie, presque torrentielle, se déplaçait avec le vent.

Un éclair brisa le ciel et l'air se mit à vibrer.

Tout fut illuminé.

Diane eut peur à nouveau. Fillette se cramponnait à elle.

Il rugissait des arcs de lumière, bras de foudre qui brûlent du terrain, rendent les herbes vertes à leur origine de cendre. Géant de feu, la foudre craquait.

Les flammes qui avaient tout mangé, d'un coup balayées par la pluie torrentielle.

La vallée noyée.

Diane et Fillette pataugeaient bientôt.

Un nouvel éclair cassa le ciel en deux. Il pliait les arbres par bourrasques. La pluie glissait sur les pentes des collines.

Diane et Fillette voyaient le bout de la forêt.

Une plaine.

Les quatre laçaient leurs armures et nettoyaient leurs armes. Ils murmuraient pour eux des prières, même Païen qui priait le sol et la terre.

Ils attendaient la Bête dans un bosquet.

Engelier ne parlait pas. Il gardait les yeux fermés.

« Rage. Ô rage. Arme mon épée. Fais de moi un dieu. »

« Nous tuons pour guérir. Transforme-nous en roche. »

Les flammes apportaient la fin du monde.

Ils ne savaient pas qu'une tempête plus grande que toutes les tempêtes était à l'approche, à une lieue à peine d'ici derrière le feu.

Païen léchait sa lame, l'arme d'un chevalier

mort volée à son cadavre. Elle était une épée bâtarde de combat.

Avec elle à la main il paraissait fort.

Engelier s'appuyait sur sa hache. Il n'aimait pas les longs discours. Son arme n'avait pas de décoration et il ne la regardait jamais.

Bertrand serrait la poignée de son épée, il contemplait son fer terni par les années, le sang, la terre dans laquelle elle avait trempé, le cuir suant qui en recouvrait le pommeau. Ses bouts émoussés, parcourus de bris, l'arme comme son maître pliait. Bertrand, fier et croyant, croyait en Dieu et croyait en lui-même. De son autre main il serrait Rempart, son bouclier.

Enfin, des tentacules de fer entouraient le pommeau de l'épée d'Aloys. Ses tentacules allaient jusqu'au bas de la poignée, la partie la plus usée de l'arme. Les lanières de cuir avaient vécu, le sang s'y était mêlé, elles partaient en lambeaux. La garde, abîmée. Un inconnu l'avait forgée.

Aloys laissa traîner son doigt sur sa gouttière. Il imaginait que le sang de la Bête allait y couler.

Il se demandait combien d'hommes la belle lame avait tués.

Il voulut l'appeler « Montagne », car il n'en fallait pas moins pour écraser la Bête, puis se rappela l'histoire passée, la serra et murmura la regardant « Durandal », le nom sacré.

La foudre approchait, et la pluie commençait de tomber sur le feu.

À une lieue à peine des quatre soldats, Diane croit que les trombes d'eau tombées du ciel vont geler ses os.

Un autre éclair !

Elle et Fillette se relèvent…

Un grand arbre non loin, blanc, massif. Ses racines, énormes, jaillissent du sol. Il est une boule géante, étend ses bras au milieu de la plaine. Diane et Fillette courent vers lui pour se protéger du feu divin, glissent, tombent et se relèvent.

Les éclairs continuent de rugir. Les collines, avec la foudre, sont près de craquer.

Diane attend des effondrements. Elle croit qu'un éclair va fendre le terrain.

Les ténèbres explosent d'un coup. L'arbre-forteresse, seul au milieu de la plaine et des écoulements d'eau, reçoit la foudre qui le brûle en entier. L'instant d'après il est devenu la plus haute des torches.

Diane est figée, Fillette terrifiée.

Toutes deux trempées jusqu'aux os sous la pluie elles regardent leur abri se consumer alors que les éclairs s'éloignent d'elles emportant les nuages noirs plus loin, vers le combat à venir.

Un grondement, nouvel éclair.

« La puissante colère. »

Aloys mit genou au sol. Les yeux fermés il pria. Ses deux mains reposaient sur la garde de son épée, elle-même plantée dans la terre. La pluie commença de ruisseler sur ses mains, sur le pommeau de l'arme.

Aloys pensait aux compagnons de croisades partis au nom de Dieu vers l'inconnu. Il se demandait jusqu'où le monde pouvait aller. De ce qu'il en avait vu, il ne savait quoi penser.

Il ne maîtrisait pas les mots.

Il avait su la haine. Il avait marché, monté des échelles de guerre, manqué de traverser la mer une fois en direction du nord ennemi, il avait connu la pluie, le froid et la chaleur intense.

Le monde était plus vaste encore. En lien direct avec Dieu, Aloys n'avait pas besoin de mentir.

Une brise légère se levait. Un grondement nouveau.

Aloys vit le sol noircir avec l'eau.

Il toucha ce sol, retira son gant usé qui partait en lambeaux, gratta un peu de la terre humide, la prit dans ses mains et la goûta de sa langue.

Une terre fertile. Des arbres, des fleurs, une herbe grasse pouvaient y pousser. Après le combat, on y planterait des graines en l'attente de vastes récoltes.

Dieu vivait dans cette terre qu'Aloys porta à ses lèvres.

Il voulait la mêler en lui.

Au loin des nuages gros inondaient les flammes qui accompagnaient la Bête dans son avancée.

La double tempête approchait.

Le paysage devenait furie, contradiction d'incendie humain et de pluie divine.

À chaque éclair, une pensée nouvelle.

Les quatre avaient les poings serrés sur le pommeau de leurs armes. Leurs paumes suaient, et pourtant.

Ces armes étaient tenues fermes.

Aloys se souvint d'une prostituée qui avait tenté de voler son argent. Il avait manqué de la tuer. La femme cachait un enfant qui n'avait pas six ans.

Sa bourse, aujourd'hui pleine. Il allait mourir et cet argent se perdrait dans la terre. Il avait presque tué une femme pour de l'argent dont il n'avait plus besoin.

Il ferma les yeux, embrassa la belle épée qui n'était pas la sienne.

Il allait se tuer en tuant la Bête. Il allait tuer le lâche qui avait frappé une femme. Il allait tuer le lâche qui n'avait pas sauvé la femme contre les quarante. Il allait tuer l'orgueil de vaincre et d'accomplir, l'orgueil d'être un sauveur, la volonté de se croire élu, au centre du monde.

Un nouveau grondement, tout proche.

La Bête approchait suivie du mur de flammes.

L'eau tombait sur ce mur.

Le temps du combat, Aloys allait connaître l'extase.

Il ouvrit la bouche et recueillit la pluie sur sa langue.

Elle allait vers eux quatre alignés, traînant son marteau sur le sol, si grande qu'elle paraissait un arbre. Ils avaient oublié comme elle en imposait, toujours parée pour le combat.

Le mur de feu qui approchait à moins d'une lieue la grandissait, elle, si proche. Le vent la portait et repoussait les flammes que la pluie, déjà, se chargeait d'apaiser.

Sous les trombes d'eau, la Bête ruisselait.

Il fallait la voir, ses larges épaules, son heaume et son bouclier de cuir noir, ses plates lourdes qu'elle portait comme du pain, ses mains fermes, larges, des bras forts et puissants, la couleur inconnue de ses yeux.

Elle scintillait.

Retentit la foudre et la pluie tomba drue, torrentielle.

Païen cria.

« Je suis mon propre dieu, le dieu de la haine. »

Il fonça le premier vers la Bête, l'épée brandie en même temps qu'un éclair tombait.

Son arme rencontra le bouclier du monstre qui faisait la taille d'un homme. La Bête riposta. Son épée se brisa comme un bâton. Projeté en arrière, Païen se trouva au sol, plié par le coup, le bras cassé en deux morceaux.

Il cria quand la moitié de sa tête explosa comme un fruit.

Le vent changea son cours. L'eau explosait par vagues, arrosait le combat.

Engelier avançait à son tour, l'arme tendue.

« Violeur. Regarde-moi. »

Il cracha sur le bouclier de la Bête avant de frapper le bois de son poing maillé.

Le bouclier ruisselait sous la tempête.

Il pensa à sa mère, à sa sœur, à la haine qu'il portait en lui, à sa haine de toute parole et de toute société humaine.

De ses deux mains, Engelier serra le manche de sa hache et frappa.

« Regarde tomber le fer », il dit, avant de briser le bouclier de la Bête. Le bois en éclatant emporta les cerclages. Tendus par l'armature, d'un coup de maître déformés, ils explosaient dans les airs. L'un d'eux vola, se planta dans un arbre.

La Bête repoussa sans effort Engelier, qui s'en alla cogner avec violence contre une large branche. Il tomba inconscient.

Bertrand approchait. Il soulevait son épée de ses deux mains, la lame pointée en direction du ciel noir.

Un éclair l'aveugla, suivi d'un grondement céleste.

« Dieu. »

La Bête lui faisait face.

« Regarde-moi ! Par moi tu meurs ! »

Bertrand laissa redescendre l'arme lourde. Sa lame semblait avaler la force de l'éclair et se mit à briller. Elle retomba avec la force d'un volcan et s'enfonça dans le heaume de la Bête, la faisant trébucher.

« Jésus ! hurlait Bertrand, Jésus ! »

Il levait l'arme à nouveau, croyant qu'il allait vaincre.

Il frappait le monstre, soulevait l'épée, frappait encore.

La Bête reculait.

Aloys restait en arrière.

Il attendait son tour. Les tournoiements de la Bête, sa taille, les branches des arbres les empêchaient d'attaquer à plusieurs.

Par petits coups, il fallait l'épuiser.

Aussi, Aloys avait peur.

Bertrand, lui, se laissait emporter par la rage.

Il triomphait face à la Bête, et se sentait plus fort. Il frappait, frappait encore et soulevait son arme, frappait de nouveau.

Elle reculait enfin.

« Je peux la tuer ! Je vais le faire ! À moi ! »

Il fallait redoubler d'efforts, la faire vaciller tant qu'il pouvait, la diminuer au moins !

Le ciel était noir. Dieu avait disparu, avalé.

L'épée de Bertrand, toujours tendue dans les airs, ne reflétait plus rien. Il hésita, déçu par la disparition de l'éclair qu'il avait cru divin.

La courte hésitation de Bertrand suffit à la Bête pour se relever. Elle souleva son marteau, absorba les ténèbres en le faisant tournoyer en demi-cercle avant de l'abattre sur l'arme de Bertrand.

Un choc brutal.

Bertrand, un instant, revit la femme de ses rêves.

Son épée vola en éclats sous le poids du marteau. Une onde courut tout au long de la lame, emportant au passage son bras. Un os, libéré de la chair, en sortit, arrachant la peau, les tissus du vêtement.

La Bête balaya l'homme, sonné, les idées en poussière.

Il tomba au sol, dans la boue.

Un bruit sourd, sa tête qui cogne.

Bertrand quitte la vie de plaisirs, les seins nus des femmes, l'herbe, la lumière du soleil.

Il cherche à se relever aussitôt, oubliant la douleur, il avale la terre.

La Bête est déjà sur lui.

De sa seule main valide, il peina à soulever son épée.

La Bête, elle, fit retomber son marteau sur le torse de Bertrand. Sa cotte explosa, ses poumons se mêlèrent aux os qui y rentraient d'un coup à la manière d'un bélier dans la porte d'une citadelle.

« Je t'avais tuée », dit Bertrand sans comprendre.

Un dernier coup de marteau lui enfonça la tête dans le sol.

Il pensa une dernière fois à la femme de son rêve et mourut.

Son bouclier ne lui avait pas servi.

Un grondement se fit entendre. Les nuages, tout chargés d'électricité.

La Bête était lente.

Elle ne vit pas les autres arriver.

Engelier, de retour, se jeta sur elle. Dans ses mains, Rempart, le bouclier de Bertrand. Il s'en servit comme bélier contre le corps monstrueux, avec pour appuis ses deux jambes. La Bête trébucha à peine, repoussa l'attaque sans effort.

Une partie de l'armure du guerrier se défit du reste. Il retomba en arrière, le bouclier coupé en deux. Au sol, il cherchait à détacher son bras des lanières de l'objet brisé, avec la Bête qui s'approchait de lui sans fléchir.

Engelier se délivra du bouclier, il se mit à

ramper. Il buvait de l'eau noire. Les arbres, le ciel au-dessus se collaient à lui, lui tombaient sur la tête.

Bourrasque, éclair, nuages noirs et vent violent !

Un coup de tonnerre, et d'autres torrents de pluie !

Elle arriva jusqu'à lui, le cloua de son pied à la terre.

Engelier sentit un craquement. Il n'avait pas blessé la Bête, tout juste cassé son bouclier. Elle pesait, lui écrasait les os.

Il avait souffert, rêvé, parcouru ce chemin en ne pensant qu'à elle, à la douleur, à sa mission. Le grand homme silencieux, si fatigué des hommes et de la société, se retrouvait le nez contre un rocher, le visage en sang, inutile.

Engelier avait soif malgré l'eau et la boue. Il ne pensait pas qu'il était possible de souffrir autant. Il avait vu des femmes violées, éventrées, il avait blessé et tué des hommes, vu leurs visages grimaçants et leurs yeux révulsés, mais à ce point ! Une douleur telle !

Aloys restait à distance, il voyait son ami mis à mort et n'osait rien faire.

Engelier revit le visage de sa mère et de sa sœur.

Elles lui disaient au revoir. Il n'était pas certain de les reconnaître vraiment.

Enfin il ferma les yeux.

D'une riposte de pure force, la Bête frappa un seul coup sur lui qui s'effondra la hanche broyée. Il respirait en vain : rien ne passa plus dans sa gorge. Le sang obstruait tout. Son corps éclatait à l'intérieur, il vivait le dérèglement de ses organes.

D'un coup Aloys se réveilla. Le corps meurtri d'Engelier lui rappela celui de Godon.

Il se frappa le visage du pommeau de son épée, cracha une dent, et arriva le dernier.

Il ne pensait plus.

Son corps avait pris possession de son âme. Un coup d'éclair fendit le ciel, droit. Il courait depuis la voûte céleste jusqu'aux entrailles terrestres.

Aloys leva le bras.

La folie, le courage rassemblés !

Il courut vers l'ennemie, profita de l'agonie d'Engelier, s'accrocha au dos de la Bête. Elle le frappa. Il perdit son épée, saisit sa dague. Il chercha son cou, fouillant les ouvertures, sciant la cotte et ses lanières de cuir. Le couteau rentrait dans la chair, sortait, y entrait de nouveau.

La Bête hurlait comme telle.

Colère ! Elle devenait un cochon.

Aloys repensait à la femme qu'il n'avait pas sauvée, à la voleuse injustement punie, il frappait sa conscience de coups de lame odieux.

Païen, presque mort, se réveillait.

Au sol, il rampait, la moitié de son visage enlevée, un de ses bras cassé.

Le ciel, une mer. L'eau tombait si fort, on aurait cru que des servants la jetaient par seaux entiers pour le décor d'une pièce de théâtre.

Païen cracha.

La Bête lui avait arraché le visage, enfoncé le crâne, elle avait marché sur son dos. Ses os cassés en deux, il ne trouvait plus la force de se lever. Il avait reçu sur le corps tout le poids du monstre, s'était cru une feuille écrasée par une chaîne de montagnes. Son reste de bouche enfoncé dans la boue, il voyait de ses yeux voilés le combat qui continuait de faire rage.

Aloys hurlait.

Il hurlait. La Bête lui avait arraché ses vêtements. Elle lacérait son dos de ses doigts de métal. Aloys, animal, hurlait sans s'arrêter. Il restait collé à elle, la lacérait toujours, plantait sa dague dans le cou du monstre, sous ses aisselles. Le sang chaud coulait sur ses poignets et se mêlait à la pluie.

D'un geste, la Bête le jeta dans les airs. Il tomba au sol, se cogna le menton, s'effondra inconscient. Tous ses os d'un coup se brisèrent. Son cerveau cogna sur sa boîte crânienne et sa mâchoire vibra.

Aloys sentit son dos craquer.

Païen restait paralysé sur la terre. Il ne pouvait bouger son bras, se mit à ramper, traîna son corps en ruine comme on traîne un rocher. La Bête le regardait fuir en direction de son épée.

Elle avança vers lui. Païen serra son arme de sa seule main valide. Il espérait qu'elle vienne s'empaler dessus, comme il ne pouvait guère plus. Le fer de l'arme se brisa en deux sous le poids du corps penché sur lui. Des éclats du bois de son pommeau lui rentraient dans la main.

La masse du monstre finit de lui écraser

la tête, qui explosa, une partie à l'air, l'autre dans la terre noire.

Aloys agonisait plus loin.

Il avait retrouvé son épée, mais n'avait plus la force de s'en servir. Il put à peine la soulever. Il n'aurait jamais cru que des os puissent à ce point s'entasser sur des os, écarter d'un coup la chair qui jusqu'ici les avait soutenus.

La Bête, blessée, ses gestes faibles, titubait.

Pour la première fois son corps n'avait plus de force, elle avait perdu trop de sang à cause des coups de dague, et trébucha sur une racine.

À genoux, elle sentait que son armure devenait lourde. Le heaume, relié à son corps presque comme une peau, lui écrasait les épaules, la faisait suer en torrents, elle était sueur, boue, sang.

Tout lui pesait. Le ciel même descendu jusqu'à elle la faisait plier. Elle ouvrait la bouche, cette bouche asséchée par l'effort et les journées sans boire.

Avalant la pluie torrentielle, elle voulait enfoncer plus loin le heaume sur son visage, fusionner le métal avec la chair, se détruire pour tout détruire enfin, mais elle ne sentait rien, rien, pas même le soufre et l'électricité grandioses qui s'accumulaient dans le ciel en bourrasques.

La Bête s'effondra comme s'éloignait la tempête, qui laissait derrière elle un sol rendu spongieux, et une marée de sang humain.

Dans son rêve elle visita différents futurs.

Elle crut y voir des formes à la géométrie impossible, des armes nouvelles et des outils dont elle ne comprenait pas le sens, ni la fonction.

Le temps implosa.

Elle remonta ce temps, vit les guerres à venir, s'imagina tuant avec des foules de soldats au casque de fer, leurs fusils allongés d'une dague dans des couloirs de terre sans fin.

Elle vit des monstres d'acier cracher des flammes et des nuages de gaz noir.

Elle continua le voyage, découvrit d'autres guerres.

Elle s'y invita et tua des milliers d'hommes.

Engouffrée dans ces temps futurs elle continua de tuer sans relâche jusqu'à épuisement de ses forces.

Enfin rassasiée après des siècles de bataille elle repartit en arrière sur la route du temps, jusqu'au commencement de toute chose, qui était son enfance.

La Bête naquit le jour de ses treize ans. Elle n'avait aucun souvenir des vieilles années. La violence entra en elle ce jour précis. Elle ne se souvenait pas si ses parents s'étaient occupés d'elle ou s'ils l'avaient battue. Née avec la violence, elle ne se souvenait pas même si elle avait eu des parents.

Le premier jour où elle tua, elle fut.

La Bête tua sans plus s'arrêter jusqu'à ce jour.

Elle venait de nourrir la terre noire trempée d'eau et du sang des quatre guerriers. Leur arrivée ne l'avait pas surprise. Elle ne les avait pas reconnus.

Elle ne savait pas si dans le sang des

guerriers qui gorgeait la terre il y avait son sang à elle.

Blessée, elle ne ressentait rien.

Elle ne pouvait plus bouger.

Les cadavres se gonflaient d'eau, leur chair devenait blanche et molle. L'eau rendait les cheveux boueux.

Des ruisseaux se formaient autour des corps. Le crâne fracassé de Païen ne se distinguait plus de la terre dans laquelle il était enfoncé. Bertrand semblait dormir. L'eau creusait ses blessures et sa peau, elle remplissait son ventre.

Engelier la bouche ouverte dans la terre trempée donnait l'impression de boire.

L'épée d'Aloys glissait dans des crevasses que l'eau creusait. Elle s'enfonçait.

Plus loin, le corps de la Bête entouré d'eau devenait une île.

Aloys, mourant, la regardait.

Il rampa avec peine vers un cours d'eau,

se traînant de ses bras seuls comme il ne sentait plus son dos. Il disparut au milieu des fougères humides.

Aloys aimait l'idée de son corps meurtri exposé aux yeux de Dieu qui depuis le ciel dégagé pouvait le regarder et le juger d'un œil grand.

Le départ de la vie était pour lui un poids en moins.

Il n'avait pas pensé que la guérison du monde telle qu'il l'avait fantasmée, la fin de la souffrance, était sa mort à lui. Il n'avait pas pensé que le monde pourrait continuer d'exister hors de lui, après son départ.

Des pas dans l'herbe humide.

Il leva la tête avec peine. Son cou lui faisait mal.

Une jeune femme qui portait une robe abîmée avançait vers la scène du massacre.

Elle tenait par la main une petite fille.

Toutes deux restaient loin. Un buisson cachait Aloys qui n'avait jamais vu femme si belle.

Toute sa vie, il avait entendu parler de ce genre de beauté mais n'en avait jamais été le témoin. Il n'y avait jamais cru et, cette fois même, il pensa qu'il rêvait.

Refusant la démonstration évidente de l'Idéal, Aloys, éternel déçu, continuait inlassablement de douter.

Diane trouva la Bête à l'abandon près d'un ruisseau, couverte de sang, son armure défaite.

Autour d'elle, trois soldats morts.

Elle ne voyait pas Aloys, caché plus loin dans les herbes hautes.

La Bête soufflait entre ses lèvres couvertes de cicatrices.

Fillette restait en arrière. Accroupie, les cheveux dans les yeux, elle regardait Diane qui nettoyait les blessures de la masse de chair. Elle regardait les corps des soldats.

La Bête n'était que plaies. Chaque partie de sa chair, meurtrie. Sa cotte de maille, plantée dans sa peau.

Diane retira le heaume. Elle était la

première à voir ce visage, et ne le regardait pourtant pas.

La Bête, elle, contemplait Diane qui ne voyait que les blessures. La Bête ne pouvait distinguer les contours de la jeune femme. Elle confondait la peau blanche de celle-ci avec la pâleur du ciel brûlé par le soleil.

Ne distinguant que le mouvement, les couleurs, elle était au monde comme on est dans le ventre maternel, une goutte dans un plan d'eau, jamais séparée du reste des choses.

Pour elle, tuer, c'était toucher, et toucher, c'était vivre.

Aloys ne comprenait pas ce qu'il voyait.

Il ne pouvait parler.

La jeune femme était penchée sur la Bête, la soignait.

« Elle est pourtant morte. »

Des corbeaux s'approchaient.

La petite leur jetait des cailloux.

Aloys voulait parler mais ne le pouvait pas.

Sa langue ne voulait plus bouger.

Quelque chose, dans les mouvements de la jeune femme, apaisait le monstre. La Bête ressentait sa présence comme une main sent le monde en se posant sur la terre ou sur l'herbe.

Elle hésitait à frapper Diane qui la touchait, comme elle aurait frappé un arbre, une roche ou un homme, seulement elle n'avait plus de force et ne pouvait lever ses bras.

Certaines de ses blessures allaient profond. Sans doute elle aurait plus de mal, une fois guérie, à frapper aussi fort qu'avant.

Elle devrait attendre longtemps pour savoir.

Diane continuait de panser ses plaies.

Fillette s'approcha un peu plus.

Elle et la Bête échangèrent un long regard qui ne signifiait rien.

De leur bec les grands corbeaux ne fouillaient plus la terre à la recherche de vers, comme il leur suffisait pour manger de gratter les cadavres.

Ils avaient faim.

Ces compagnons de Lug, dieu de la lumière et des oiseaux noirs, cerclaient le rassemblement de guerriers morts en l'attente du repas.

Ils guettaient l'arrêt définitif des cœurs.

La petite fille ennemie continuait de leur jeter des pierres, mais elle ne resterait pas là toujours.

La femme qui l'accompagnait finissait de s'occuper du monstre allongé, couvert de sang.

Elle termina ses bandages sans voir qu'Aloys mourait en silence à quelques mètres de là.

Diane avait jeté le foulard puant de son haleine et d'avoir traîné sur le sol.

Elle avait passé le restant de la journée à enterrer Engelier, Bertrand et Païen pour protéger leurs corps de l'assaut des corbeaux.

Peu importait leurs crimes passés.

Fillette versait de l'eau dans la bouche de la Bête, lui posait la main sur le front, sur le bras.

La petite veillait sur elle.

Une fois les croix plantées dans la terre noire, elle et Diane quittèrent le lieu maudit.

La Bête, vivante, les regarda partir.

En lieu du couple, elle crut voir bouger des taches. Diane et Fillette, à travers son regard, se confondaient avec le vent, les arbres et l'air.

La trêve annoncée à travers les routes finissait déjà.

Diane n'aurait pas vu la différence. Elle ne savait pas que la paix avait suivi la guerre, qui venait de reprendre.

En attendant les maux nouveaux, le soleil éclatait.

Dans sa lumière elle crut voir une présence qui cumulait toutes les formes.

Les autres l'ignoraient ou l'honoraient mal.

Elle seule le voyait vraiment et lui sourit enfin.

Le monde était en ruine. D'ici à quelques millions d'années, il exploserait dans un océan de flammes.

En attendant, Diane serrait fort la main de Fillette.

Au-dessus d'elles trônait le ciel bleu, qui était le même à tous les endroits du monde.

Elles venaient d'abandonner le cours d'eau et les arbres calcinés près des trois tombes et du monstre qui rêvait d'ost sacrifié.

Dans mille ans, nul ne pourrait croire ou faire croire qu'ici, sur ce terrain, une bête avait marqué une pause dans son long combat de destruction et de massacres.

Aloys respirait mal. Il avait froid partout.

Un des corbeaux approcha de son visage.

Il pouvait sentir les griffes de l'oiseau sur son ventre.

Aloys vit son regard posé sur le sien, ses deux yeux noirs. L'oiseau lui perça la chair comme il rendait son dernier souffle.

Il avait chaud et froid, il avait soif, et sa dernière sensation fut une sensation de douleur.

Il oublia Dieu et ne pensa qu'à lui, à lui seul, à la souffrance qui lui parut inadmissible.

Aloys mourut, l'orgueil intact.

Il n'avait pas su être ce chrétien parfait.

FIN

Remerciements infinis à Éric Mainguet, Prince Noir.

L'EXEMPLAIRE QUE VOUS TENEZ ENTRE LES MAINS A ÉTÉ RENDU POSSIBLE GRÂCE AU TRAVAIL DE TOUTE UNE ÉQUIPE.

ÉDITION : Aurélien Masson
COUVERTURE ET CONCEPTION GRAPHIQUE : Alain Blaise
MISE EN PAGE : Soft Office
MAQUETTE DE COUVERTURE : Constance Rossignol
RÉVISION : Jean-Luc Demizieux et Emmanuel Dazin
FABRICATION : Isabelle Paccalet et Maude Sapin
COMMERCIAL : Pierre Bottura
COMMUNICATION : Jérôme Lambert, avec Adèle Hybre
RELATIONS LIBRAIRES : Damien Nassar

RUE JACOB DIFFUSION : Élise Lacaze (direction), Katia Berry (Grand Sud-Est), François-Marie Bironneau (Nord et Est) et Charlotte Jeunesse (Paris et région parisienne), Christelle Guilleminot (Grand Sud-Ouest), Laure Sagot (Grand Ouest), Diane Maretheu (coordination) et Charlotte Knibiehly (ventes directes), avec Christine Lagarde (Pro Livre), Béatrice Cousin et Laurence Demurger (équipe Enseignes), Fabienne Audinet (LDS), Bernadette Gildemyn et Richard Van Overbroeck (Belgique), Nathalie Laroche et Alodie Auderset (Suisse), Kimly Ear (Grand Export)

DISTRIBUTION : Hachette

DROITS FRANCE ET JURIDIQUE : Geoffroy Fauchier-Magnan
DROITS ÉTRANGERS : Sophie Langlais
ENVOIS AUX JOURNALISTES ET LIBRAIRES : Patrick Darchy
LIBRAIRIE : Laurence Zarra
ANIMATION : Sophie Quetteville
COMPTABILITÉ ET DROITS D'AUTEUR : Christelle Lemonnier, Camille Breynaert et Christine Blaise
SERVICES GÉNÉRAUX : Isadora Monteiro Dos Reis

Achevé d'imprimer en France sur les presses
de l'imprimerie Normandie Roto Impression s.a.s.
à Alençon (Orne) en mars 2019.

ISSN : 2609-7966
ISBN : 978-2-7112-0107-5
N° d'impression : 1900762
Dépôt légal : Mai 2019